Für Alexander

Verena Gross

Der kleine Seemann in der Zeit

Märchenroman

Bibliografische Information der Deutschen Nationalbibliothek:
Die Deutsche Nationalbibliothek verzeichnet diese Publikation
in der Deutschen Nationalbibliografie; detaillierte bibliografische
Daten sind im Internet über http://dnb.dnb.de abrufbar.

Cover-Image: Grandfailure, AdobeStock 198169719

Herstellung und Verlag: BoD – Books on Demand, Norderstedt

ISBN: 978-3-7504-6963-1

Inhaltsverzeichnis

Kapitel 1
Der kleine Seemann·in·der·Zeit   9

Kapitel 2
Der kleine Seemann·in·der·Zeit
findet eine Freundin   21

Kapitel 3
Die Zauberworte   40

Kapitel 4
Der Seemann macht die Leinen los   54

Kapitel 5
Wie der Seemann das Schiff des Lebens
verliert und die „Heiligen Tafeln der
Einfachen Wahrheit" findet   62

Kapitel 6
Der Seemann·in·der·Zeit will sich opfern   77

Kapitel 7
Der Seemann·in·der·Zeit und Ichbinda
gehen getrennte Wege   93

KAPITEL 1

Der kleine Seemann·in·der·Zeit

Zu der Zeit, als der kleine Seemann geboren wurde, hatten die mächtigen Herrscher damit begonnen, hohe Mauern um die Städte der Bürger bauen zu lassen. Auf diese Weise wollten sie verhindern, dass die Menschen die Freiheit in der Weite des Landes suchen konnten und das Volk zwingen, sich ihrer Alleinherrschaft zu unterwerfen. Viele Bürger versuchten sich vor der Willkür der Staatsgewalt zu schützen, indem sie sich in ihre eigenen vier Wände zurückzogen. Und die wenigen Menschen, die es wagten, die neu erlassenen Gesetze der Herrscher in Frage zu stellen, hatten ein schweres Leben, weil sie sich nicht auf die Hilfe ihrer Mitbürger verlassen konnten.

Schon früh lernte der kleine Seemann·in·der·Zeit die Sorgen der Alten kennen, denn seine Eltern gehörten zu diesen stillen Rebellen, die den Beteuerungen der Herrscher keinen Glauben schenken wollten. Immer wieder warnten sie ihn davor, anderen Menschen zu vertrauen, weil sie fürchteten an die Staatsgewalt verraten zu werden. Aus diesem Grund hatte der kleine Seemann auch keine Freunde und musste alle Prüfungen der Kindheit allein bestehen. Sobald er flügge geworden war, stießen ihn seine Eltern aus dem Nest der Geborgenheit, um ihren geheimen Kampf allein weiter zu führen. Und sie trösteten ihren Sohn damit, dass seine noch zarten Flügel der Erfahrung an den Herausforderungen des Alltags erstarken würden.

Notgedrungen begann der kleine Seemann·in·der· Zeit sich auf die Suche nach einem Beruf zu machen, der seinem Leben einen Sinn geben würde. Er wollte viel lernen und ein gehorsamer Lehrling sein. Doch welchem Handwerk er sich auch widmete und welchen Herausforderungen er sich auch stellte, immer wieder bemerkte er, dass er seiner Arbeit nicht so viel Aufmerksamkeit schenken konnte, wie er es von sich erwartete. Obwohl er sich wirklich sehr bemühte – er fand einfach keine Berufung, die seinen forschenden Geist ausreichend zu beschäftigen vermochte.

Da begann der kleine Seemann sich eines Tages zu fragen, warum er keine befriedigende Aufgabe finden konnte. Lag es an den verschiedenen Berufen, die er kennengelernt hatte oder vielleicht doch an ihm selbst?

Um sich in aller Stille mit dieser Erkenntnis auseinanderzusetzen, fasste er den Entschluss, in einer verlassenen Burg Zuflucht suchen. Sie gehörte dem Fürsten der Einsamkeit. Aber das erfuhr der kleine Seemann erst, als der Fürst die Zugbrücke der Burg hochziehen ließ und ihn gefangen nahm! Bald saß er traurig in seinem dunklen, engen Verlies und zermarterte sich den Kopf, wie er nur entfliehen könnte. Es verging einige Zeit, bevor der kleine Seemann sich darüber klar wurde, dass es ihm einfach an Stärke und Erfahrung fehlte, um dem Fürsten der

Einsamkeit Einhalt zu gebieten und die Mauern seines Gefängnisses niederzureißen. Aus diesem Grund und auch, weil er sich nicht anders zu helfen wusste, beschloss er, sich auf den Weg zu einer weiten Reise durch sein inneres Selbst zu machen.

Viele Tage zog der kleine Seemann·in·der·Zeit ziellos umher. Schließlich gelangte er zur Küste, besann sich dort auf seinen Namen und besorgte sich ein Segelboot, um damit über das Meer zu fahren. Wochenlang kam er jedoch kaum voran, weil eine große Flaute über dem Meer herrschte und das Segel seines Bootes nur schlaff am Mast herunter hing. Also nahm er die Ruder zur Hand und versuchte, sich aus eigener Kraft vorwärts zu bewegen. Das strengte den kleinen Seemann sehr an, und weil er nicht genügend Verpflegung mitgenommen hatte, wurde er sehr krank. Er hatte Schmerzen und ihn quälten trostlose Gedanken. So allein mitten auf dem Meer fühlte er sich sehr einsam. All das musste er ertragen, bis eines Tages endlich die Winde der Hoffnung sein Segelboot an den Strand einer Insel trieben.

Das von ihm herbeigesehnte neue Land trug den Namen „Insel des Vertrauens". Durch diese Verheißung gestärkt und ermutigt, kletterte der kleine Seemann über die Klippen des Strandes. Voller Erwartung wunderschöne Blumen, zauberhafte Tiere und geheimnisvolle Landschaften zu entdecken, begab er sich in das Landesinnere der Insel.

Aber er wurde enttäuscht: in welche Richtung er sich auch wendete, er fand nur steinige, unfruchtbare und unbewohnte Einöde vor. Da verließ den kleinen Seemann·in·der·Zeit endgültig die Kraft weiter zu gehen und er setzte sich inmitten dieser Einöde nieder – so erschöpft, dass es ihm gleichgültig war, was nun geschehen würde.

Er fiel in einen tiefen, aber unruhigen Schlaf. Alpträume begannen ihn zu peinigen, in denen er in finsteren Höhlen auf der Suche nach dem Schatz der Erkenntnis mit bösartigen Drachen um sein Leben kämpfen musste. Auf immer wieder neuen Wegen bemühte er sich, an den Schatz heranzukommen. Aber sobald er ihn von Ferne leuchten sah, erschienen die feuerspeienden Drachen und vertrieben ihn. Der kleine Seemann wollte jedoch lieber sterben, als sich von ihnen verjagen zu lassen. Und so beschloss er, sich ihnen in einem allerletzten Kampf zu stellen.

Doch in dem gleichen Moment, in dem er diese Entscheidung getroffen hatte, erwachte er. Verwirrt schaute sich der kleine Seemann·in·der·Zeit um. Er hatte keine Ahnung, was er nun unternehmen sollte. Demütig erkannte er, wie hilflos er war, und dass er seine Reise nicht allein fortsetzen konnte. Angestrengt dachte er nach, aber er fand einfach keinen Ausweg aus seiner Lage. Beinahe hätte der kleine Seemann doch aufgegeben, sich irgendwo verkrochen und auf sein Ende gewartet. Aber glücklicherweise hatte das Schicksal einen anderen Plan für ihn.

Als er so verloren in dieser einsamen Gegend saß, versunken in seine hoffnungslosen Gedanken, erschien plötzlich eine Fee. Sie setzte sich zu dem kleinen Seemann·in·der·Zeit und wartete ab, bis er sie bemerkte. Zuerst dachte er, ein neuer Traum hätte ihm diese märchenhafte Gestalt geschickt und er hatte wenig Lust, sich auf ein neues Abenteuer einzulassen. Doch dann gelangte er zu der Einsicht, dass es in seiner Lage ohnehin gleichgültig war, was er täte und so fragte er die Fee, ob er nur träumte, dass sie da sei oder ob sie wirklich zu ihm gekommen wäre. Aufmunternd, aber auch etwas geheimnisvoll antwortete ihm die Fee, sie würde so wirklich bei ihm sitzen, wie er es wünschte.

Der kleine Seemann war verunsichert und schwieg, weil er nicht wusste, was er sagen sollte. Da der Zeitpunkt aber günstig war, begann die Fee ihn in ein Gespräch zu verwickeln. Es interessierte sie, warum er auf die Insel gekommen war und auch, was ihn so traurig machte. Mit der neuen Erkenntnis, nicht erfahren genug zu sein, um allein einen Weg aus seiner Lage finden zu können, fing der kleine Seemann·in·der·Zeit an, der Fee sein Herz zu öffnen. Er erzählte ihr, dass er auf der Suche nach seiner Bestimmung wäre, dass ihn die Winde der Hoffnung zu dieser Insel geführt hätten, und dass er verzweifelt sei, weil er keine Ahnung hatte, was er als Nächstes unternehmen könnte, um seine Reise fortzusetzen. Die Fee hörte ihm geduldig zu und stellte ihm weitere Fragen, bis sie einen Eindruck davon bekam, auf welche Art und Weise sie dem kleinen Seemann helfen konnte.

Ein neuer Tag begann. Über der tristen Einöde der Insel des Vertrauens erhob sich die Sonne am Horizont in wunderschönen rötlichen Farben vor einem klaren blauen Himmel und verheißungsvoll geformten weißen Wolken. Die Fee holte einen kleinen Stoffbeutel hervor, öffnete ihn und entnahm ihm ein paar Körner, die sie dem kleinen Seemann·in·der·Zeit gab. Sie erklärte ihm, dass dies Samen des Lebensbaumes wären, und dass er sie einpflanzen, düngen und achtsam pflegen sollte. Wenn er das tun würde, wollte sie für reines, kraftspendendes Wasser sorgen.

Weil er froh darüber war, sich endlich mit etwas Neuem befassen zu können, begann der kleine Seemann sofort mit der Arbeit. Er suchte sich ein geeignetes Stück Land, bereitete den Boden vor und säte dann die Körner aus. Mit viel Eifer ging er ans Werk: Tag für Tag lockerte er den Boden, düngte die Erde und bewässerte die Saat. In dem kargen Boden der Insel des Vertrauens dauerte es lange, bis die Samenkörner des Lebensbaumes anfingen zu wachsen. Als die ersten Keimlinge vorsichtig ihre Triebe der Sonne entgegenstreckten, war der kleine Seemann sehr glücklich darüber, dass seine Mühe Erfolg hatte. Und er konnte es kaum erwarten, dass die Setzlinge des Lebensbaumes anfangen würden zu blühen.

Die Jahreszeit wandelte sich, Herbstgewitter kündigten die herannahende Kälte des Winters an und Stürme tobten ungeduldig über die Insel. Auch die Pflanzen auf dem Acker des kleinen Seemannes waren dem Unwetter ausgeliefert. Umso heftiger der Wind wehte, desto mehr Sorgen machte er sich um seine heranwachsenden Lebensbäume, denn die

Pflanzen waren noch so zart und verletzlich, dass sie von solchen Sturmwinden leicht umgeknickt werden konnten. Eines Tages rief er die Fee und sagte ihr, dass er Angst hatte, die Stürme könnten seine Pflanzen entwurzeln und damit die Ernte zunichte machen. Doch die Fee beruhigte den kleinen See-mann·in·der·Zeit, indem sie ihm versprach, dass sie die jungen Lebensbäume beschützen würde, solange diese noch nicht widerstandsfähig genug waren. Sie war sicher, die Bäume würden eines Tages Früchte tragen, wenn er sich weiter so wie bisher um seinen Acker kümmerte. Das gab dem kleinen Seemann die Zuversicht, die er benötigte, um die Zeit der Herbst-gewitter zu überstehen.

Als die Fee den kleinen Seemann das nächste Mal besuchte, waren die ersten Blumen auf seinem Feld erblüht und zusammen mit ihm freute sie sich über die farbenprächtige Schönheit der jungen Lebens-bäume. Da forderte sie ihn auf, mit ihr zum Strand der Insel zu gehen, um ihm dort etwas zu zeigen. Die Fee führte ihn zu dem Boot, mit dem er zu dieser Insel gekommen war und erklärte dem kleinen See-mann, dass es klug wäre, wenn er mit dem Holz sei-nes Bootes ein starkes Schiff bauen würde. Damit könnte er den Sturmwinden des Zweifels draußen auf See widerstehen, wenn er wieder auf das Meer hinaus fahren und seine Reise fortsetzen würde. Der kleine Seemann antwortete ihr, dass er nicht sicher war, ob er in der Lage wäre, ein großes Schiff zu bauen. Weil er die Insel aber irgendwann verlassen wollte, versprach er, es zu versuchen. Und so begann er damit, aus dem Holz des kleinen Bootes und den großen Ästen seiner Lebensbäume ein Schiff zu bauen, mit dem er die Suche nach seiner Bestimmung wieder aufnehmen konnte.

Die Lebensbäume hatten begonnen Früchte zu tragen, als der kleine Seemann·in·der·Zeit sein Werk vollendete: das neue Schiff war fertig. Die Fee kam, um es sich anzusehen und zeigte sich beeindruckt von den Fähigkeiten des kleinen Seemannes. Sie gelangte zu der Überzeugung, dass es nun nichts mehr gab, was sie für ihn tun konnte, damit er selbstbewusst seine weitere Reise antrat.

Als Zeichen ihrer Anerkennung gab sie dem kleinen Seemann·in·der·Zeit einen Ohrring, welchen er, wie die alten, erfahrenen Matrosen, an sein Ohr steckte. Für den kleinen Seemann war die Zeit des Abschieds jedoch noch nicht gekommen. Er fühlte sich nach wie vor nicht stark genug, um die Insel des Vertrauens zu verlassen und sich erneut den Gefahren auf dem weiten Meer zu stellen. Seine Sorge galt weiterhin den Früchten der Lebensbäume auf seinem Acker, deren Wachstum er mit Freude beobachtete.

Erst als die Früchte reif geworden waren und geerntet werden konnten, rief er die Fee, um sich von ihr zu verabschieden: „Als ich nicht mehr weiter wusste, bist du zu mir gekommen und hast mir geholfen. Aus den Samenkörnern, die du mir gegeben hast, sind große Bäume mit tiefen Wurzeln geworden. Du hast die jungen Lebensbäume beschützt, als die Stürme über sie hinweg fegten und du hast für das Wasser gesorgt, mit dem ich sie gießen konnte. Das Schiff, das draußen am Strand vor Anker liegt, würde es ohne dich nicht geben. Du hast soviel für mich getan: ich möchte mich bei dir bedanken. Bitte sage mir, was ich nun für dich tun kann."

Die Fee lächelte und antwortete dem kleinen Seemann·in·der·Zeit, dass sie ihm doch nur die Möglichkeit geboten hatte, neues Handwerk zu erlernen. Die Arbeit, die es erforderte, die Lebensbäume zu pflanzen und das Schiff zu bauen, hätte er doch ganz allein geleistet. Der kleine Seemann schaute sie verständnislos an, diese Antwort hatte er nicht erwartet.

Da zeigte die Fee auf eine Blume auf dem Acker zwischen den Lebensbäumen und sagte: „Stell dir vor, diese Blume verkörpert alles, was das Wesen und das Sein eines Menschen ausmacht. Die Blüte, das bin ich selbst, meine Person. Aber die Blätter, das sind die Leben anderer, welche sich entfalten, indem ich gute Dinge tue. Das Dasein, welches sich meinem Sein hinzufügt, dadurch dass ich in den Gedanken und Gefühlen anderer Menschen weiter lebe. Und diese Ausweitung des Daseins gibt dem Leben seinen eigentlichen Sinn. In der vergangenen Zeit ist an meiner Blume durch dich ein neues Blatt gewachsen. Ein schöneres Geschenk als deine Liebe und dein Vertrauen gibt es nicht."

Der kleine Seemann dachte nach, betrachtete die Blume und überlegte schließlich, welches von den Blättern er wohl sei. Doch er hatte verstanden, was die Fee meinte und gab sich zufrieden.

Er verabschiedete sich von der Fee und ging zu seinem Schiff. Dort lichtete er den Anker, setzte die Segel und wunderte sich sehr, als er feststellte, das Wellen der Erwartung gegen das Schiff schlugen. Glücklich und voller Zuversicht begann er seine Fahrt.

In den folgenden Tagen ereignete sich nicht viel. Der kleine Seemann segelte mit seinem Schiff über das Meer, hielt Ausschau nach neuem Land und genoss die innere Ruhe, die ihn ergriffen hatte.

Einige Nächte später hatte er einen Traum: Der König der Maschinen war verzweifelt darüber, dass die Menschen in seinem Reich ihre Landmaschinen nicht richtig bedienen konnten und dadurch nicht genügend Ernte eingebracht wurde. Er rief den kleinen Seemann·in·der·Zeit, damit er ihm helfen würde, dafür zu sorgen, dass seine Leute nicht mehr hungern mussten. Der König bat ihn, seine Fähigkeiten einzusetzen, um den Menschen zu erklären, wie sie mit den Maschinen umzugehen hätten.

Für den kleinen Seemann hatte dieser Traum eine große Bedeutung. Er war das Zeichen, auf welches er so lange gewartet hatte, um die Suche nach seiner Bestimmung erfolgreich fortsetzen zu können. Nur eines fehlte ihm, um der Bitte des Königs, zu ihm zu kommen, entsprechen zu können: die Richtung, in die er sein Schiff steuern musste. Er wusste nicht, wo das Reich dieses Königs lag. Daher segelte er erst einmal weiter der Nase nach und ließ sich von den vorherrschenden Winden treiben, in der Hoffnung, einen neuen Hinweis zu erhalten.

Schließlich gelangte er in ein Gebiet, in dem verschiedene Meeresströmungen aufeinander trafen und es aus diesem Grund unaufhörlich zu heftigen Unwettern kam. Der kleine Seemann erinnerte sich daran, dass die Fee ihn vor den Sturmwinden des Zweifels gewarnt hatte und er, um diesen Stürmen trotzen zu können, sein neues Segelschiff gebaut hatte. Diese Gedanken gaben ihm Selbstvertrauen. Und obwohl das Schiff von den Sturmwinden immer wieder hin und her geschüttelt wurde, konnte er es mit den neuen kräftigen Segeln auf Kurs halten.

Nachdem der kleine Seemann·in·der·Zeit auch dieses Abenteuer überstanden hatte, entschloss er sich in seine Heimat zurückzukehren, um dort herauszufinden, wo das Reich des Königs der Maschinen lag. Als er zu Hause ankam, führte ihn sein Weg natürlich zu der alten Burg des Fürsten der Einsamkeit.

Unsicher betrat er die bekannten Mauern und sah sich neugierig um. In den Spalten zwischen den Steinen waren bunte Blumen gewachsen, aus engen Mauerritzen schauten zarte Gräser hervor und auf dem Hof der Burg blühte ein fruchtbarer Garten.

Überwältigt setzte sich der kleine Seemann nieder und dachte nach. Sein Inneres hatte sich verwandelt! Er hatte seinen Weg schon gefunden, als er den ersten Schritt zu seiner Reise machte. Aber er konnte das erst jetzt sehen, weil ihm zuvor die nötige Lebenserfahrung gefehlt hatte.

Nun erkannte er darüber hinaus, wo er das Reich des Königs der Maschinen finden würde: nämlich in der Weite seines Heimatlandes! Daher ging er zurück zu seinen Eltern, um ihnen Lebewohl zu sagen. Danach nahm er sich all seinen Mut zusammen, suchte sich eine geeignete, unbewachte Stelle und überwand die Mauer der Stadt!

Und so begann der kleine Seemann·in·der·Zeit auf den Wegen im Reich des Königs der Maschinen umher zu wandern und immer wieder aufs Neue seine Lebensaufgabe zu entdecken – und zwar überall dort, wo er sich gerade aufhielt.

KAPITEL 2

Der kleine Seemann·in·der·Zeit
findet eine Freundin

Die Aufgaben, die sich dem kleinen Seemann·in·
der·Zeit im Reich des Königs der Maschinen stellten,
waren schwierig, aber zu bewältigen. Sein Wissen
verhalf den Menschen dazu, ihre Fähigkeiten zu
erkennen und sie begannen zu verstehen, wie sie die
Maschinen einsetzen konnten, um sich ihre Arbeit
zu erleichtern. Dadurch wurde ihnen Zeit geschenkt.
Zeit, die die Menschen für sich, ihre Kinder, ihre
Freunde und andere Dinge, die für sie von Bedeutung waren, nutzen konnten. Bald wurden die Probleme, mit denen die Leute im Reich des Königs zu
dem kleinen Seemann kamen, von einer Art, welche
sie mit ausreichender Beschäftigung selber lösen
konnten.

Der kleine Seemann bemerkte dies und stellte
fest, dass er seine Arbeit gut gemacht hatte, denn er
war dabei, sich selbst für die anderen Menschen
entbehrlich zu machen. Sie hungerten nicht mehr,
nahmen ihr Leben selber in die Hand und waren
damit zufrieden. Der kleine Seemann hatte seine
Aufgabe hier erfüllt und begann für die Leute im
Reich des Königs der Maschinen an Bedeutung zu
verlieren.

Gewohnt zu lernen, zu arbeiten, sich Fragen zu
stellen und unablässig nach Antworten zu suchen,

musste sich der kleine Seemann·in·der·Zeit eingestehen, dass er die Menschen, mit denen er lebte, um ihren Müßiggang beneidete: um die Gelassenheit, mit der sie sich scheinbar nutzlosen Dingen widmeten und auch um den Spaß, den sie bei vergnüglichem Zeitvertreib hatten. Er wunderte sich darüber, dass es ihm nicht möglich war, an diesen unbekümmerten und mitunter ausschweifenden Geselligkeiten teilzunehmen. Er dachte darüber nach, was ihm an diesem Leben nicht gefiel und inwiefern er sich eigentlich von den Leuten im Reich des Königs der Maschinen unterschied. Zweifelnd fragte er sich schließlich, ob er nicht vielleicht doch die gleichen Bedürfnisse hatte, wie die Menschen, denen er half.

Über der Reparatur einer Windmühle war es Nachmittag geworden und die Leute, mit denen er zusammen gearbeitet hatte, waren nach Hause zu ihren Familien gegangen. Der kleine Seemann musste sich bis zum nächsten Morgen gedulden, bis er seine Arbeit fortsetzen konnte. Nachdenklich saß er in der Abenddämmerung auf einem Hügel in der Nähe der Windmühle und betrachtete ihre vier Flügel.

Plötzlich entdeckte er am Himmel über der Mühle ein weiteres Paar Flügel. Ein weißes Pferd mit einer langen, wehenden Mähne landete auf der Wiese vor dem Hügel und schritt dann auf den kleinen Seemann·in·der·Zeit zu.

„Guten Abend, kleiner Seemann", begrüßte ihn das Pferd mit den Flügeln, „du hast mich gerufen?"

Verwirrt von dem, was er gerade gesehen hatte,

antwortete der kleine Seemann: „Ich habe dich gerufen? Wer bist du denn?"

„Mein Name ist Pegasus", stellte sich der unerwartete Besucher vor, „ich schenke den Menschen die Phantasie."

„Ich freue mich, dich kennenzulernen", sagte der kleine Seemann höflich, „aber ich kann mich nicht daran erinnern, nach dir gerufen zu haben. Vielleicht hast du dich geirrt und es sucht ein Anderer nach dir?"

„Mich kann man nicht suchen, kleiner Seemann", antwortete Pegasus freundlich, „mich kann man nur finden." Nachdenklich betrachtete das weiße Pferd den kleinen Seemann·in·der·Zeit, ehe es wieder das Wort ergriff: „Überlegst du nicht seit einiger Zeit, ob es auch noch andere Dinge im Leben gibt, als die, mit denen du dich bisher beschäftigt hast? Bist du nicht etwas neidisch auf die Menschen, die jetzt nach getaner Arbeit mit Ihresgleichen zusammen sitzen, einfach fröhlich sind und ihr Leben genießen? Würdest du dir nicht auch ganz gern einmal die Zeit nehmen, um etwas zu tun, das nicht so sinnvoll erscheint, wie deine Arbeit hier?"

„Woher weißt du das?", wunderte sich der kleine Seemann, verblüfft darüber, dass Pegasus seine Gedanken kannte.

„Ich sagte dir doch, dass du mich gerufen hast," antwortete das Pferd mit den Flügeln geheimnisvoll und fügte nachdrücklich hinzu: „Vertraue deinen neuen Gedanken!"

Es war Nacht geworden, als sie ihr Gespräch beendeten. Der kleine Seemann·in·der·Zeit begab sich auf den Heimweg und ging tief beeindruckt von seinem Treffen mit Pegasus ins Bett.

Am nächsten Tag setzte er seine Arbeit fort, aber es fiel ihm schwer, sich auf die Anweisungen zu konzentrieren, die er seinen Mitarbeitern geben musste, um die Windmühle zu reparieren. Am Abend blieb er wieder allein zurück, vergrub sich in seinen Gedanken und hoffte, dass er herausbekam, ob er seine neuen, ihm fremd anmutenden Wünsche verwirklichen sollte. Und falls ja, wie er es anstellen könnte.

In dieser Nacht wurde der kleine Seemann allerdings noch tiefer in Verwirrung gestürzt.

„Du bist doch jetzt hier überflüssig!", hörte er eine tiefe Stimme zu ihm sprechen. „Warum gehst du nicht in die Berge und wirst Einsiedler? Du könntest Deine Erfindungen weiterentwickeln und keiner würde dich stören oder ablenken. Und wenn du dann die erste Apparatur fertiggestellt hast, würdest du berühmt werden und von jedermann geachtet sein."

Der kleine Seemann blickte erschrocken auf. Ein schwarzer Stier stand vor ihm. Seine spitzen Hörner blitzten im Mondlicht und seine große kraftvolle Erscheinung machten einen überwältigenden Eindruck auf den kleinen Seemann·in·der·Zeit. „Warum sagst du das?", fragte er den Stier, bemüht seine Furcht nicht zu zeigen.

„Weil du dabei bist, vor den Aufgaben, die du dir gestellt hast, davon zu laufen!", antwortete der und fuhr fort: „Du hast die Fähigkeit Außergewöhnliches zu vollbringen, etwas zu tun, das sinnvoll und den

Menschen von Nutzen ist. Du bist anders als sie und hast die Begabung, Maschinen zu erfinden, die sich sonst niemand ausdenken kann. Aber, um dich auf diese Herausforderungen konzentrieren zu können, musst du allein sein. In deinen Träumen und Gedanken erschaffst du dir deine eigene Welt und kannst so Probleme lösen, die niemand bewältigen kann, der nach den Regeln einer Gemeinschaft lebt. Denke darüber nach! Es wäre sehr schade, wenn du beginnen würdest, dich in deinen Möglichkeiten selbst zu beschränken."

Der große, schwarze Stier wartete nicht auf eine Reaktion des kleinen Seemanns, sondern verließ ihn so plötzlich, wie er auch gekommen war.

Nun wusste der kleine Seemann·in·der·Zeit überhaupt nicht mehr, was er tun sollte. Verwirrt beschloss er, die Nacht im Freien zu verbringen. Das Funkeln der Sterne am Himmel hatte eine beruhigende Wirkung auf ihn. Gedanken kamen und gingen und gegen Morgen hatte er genügend innere Kraft gesammelt, um sich den Anforderungen des neuen Tages zu stellen.

Zur Ruhe kam der kleine Seemann jedoch nicht mehr. Immer wieder begegnete er dem weißen Pferd mit den Flügeln und dem schwarzen Stier mit den spitzen Hörnern. Schließlich bemerkte er, dass die beiden damit begonnen hatten, um ihn zu kämpfen.

Der Stier sagte ihm, dass die Phantasie, die Pegasus den Menschen gab, doch nicht ausreiche, um ihr Leben auszufüllen und ihm einen Sinn zu geben. Und die meisten von ihnen die Zeit, die der kleine

Seemann den Bewohnern des Reiches der Maschinen geschenkt hatte, nur gebrauchen würden, um sich nutzlosem Zeitvertreib hinzugeben.

Pegasus hingegen versuchte ihn davon zu überzeugen, dass er sich selber zugrunde richten würde, wenn er dem Ratschlag des Stiers folgte und allein in die Berge ginge, weil er dann seine Bedürfnisse und von Liebe erfüllten Wünsche vernachlässigen würde. Dadurch wäre er dann gar nicht mehr in der Lage, seine Fähigkeiten in ausreichendem Maße zu nutzen.

Pegasus fragte den kleinen Seemann·in·der·Zeit, warum mit anderen geteilte Fröhlichkeit ihn daran hindern sollte, dem nachzugehen, was er entdecken wollte und konnte.

„Weil er nicht ewig lebt und all die Arbeit, der er sich nicht ernsthaft widmet, verlorene Zeit ist. Die Menschen lenken ihn ab von dem, wozu er bestimmt ist!", rief der Stier wütend.

Es war das erste Mal, dass beide, das weiße Pferd und der schwarze Stier, gleichzeitig vor dem kleinen Seemann standen und ihre unterschiedlichen Ansichten aufeinanderprallten. Der Seemann hatte den Eindruck, dass der Kampf der beiden Selbstzweck geworden war. Nicht mehr gemeint, ihn davon zu überzeugen, sich einem von ihnen anzuschließen, sondern vielmehr den jeweils anderen zum Schweigen zu bringen und zum Aufgeben zu bewegen.

Die spitzen Hörner des schwarzen Stiers konnten Pegasus schwer verletzen. Das weiße Pferd mit den Flügeln war wiederum dem Stier an Beweglichkeit überlegen und glich auf diese Weise seine fehlende Körperkraft aus.

Eine Weile beobachtete der kleine Seemann·in·der·Zeit ihre Auseinandersetzung. Dann unterbrach er die beiden plötzlich, indem er mutig ausrief: „Hört auf! Hört auf damit. Ihr könnt es nicht erzwingen. Ich entscheide! Und ich werde mir Zeit nehmen, um herauszufinden, was das Richtige für mich ist."

Er wollte den Kampf der beiden um ihn beenden. Vielleicht dadurch, dass er entschied, dem Ratschlag des Stiers zu folgen und in die Berge zu gehen. Oder indem er erforschte, was an der Betrachtungsweise von Pegasus richtig war und mit diesem ging. Insgeheim jedoch hoffte er, dass es für ihn eine andere, dritte Möglichkeit gäbe. Denn einerseits würde er sich gerne mit Freude und Befriedigung seinen Aufgaben und Erfindungen widmen, andererseits wünschte er sich, seinen Platz unter den Menschen zu finden, um mit ihnen in Ausgelassenheit und Fröhlichkeit zusammenzuleben. Eine dritte Möglichkeit deshalb, weil er den Eindruck hatte, dass sowohl Pegasus, als auch der Stier richtige Ansichten vertraten, aber eben beide nur zu einem gewissen Teil Recht hatten.

Der kleine Seemann·in·der·Zeit hatte nach diesen Wochen der Auseinandersetzung das Bedürfnis zur Ruhe zu kommen, um eine Entscheidung treffen zu können und überlegte, an was für einem Ort er dabei Hilfe finden würde. Ein Kloster schien ihm geeignet, in dem er in schweigender Gemeinschaft mit anderen nachdenken und lernen konnte, die kommende

Zeit zuversichtlich und gelassen anzugehen. Und so entschloss er sich seine Arbeit im Reich des Königs der Maschinen zu beenden.

Er machte sich auf den Weg und gelangte nach einigen Tagen an einen breiten Fluss. Dort musste er auf den Fährmann warten, der mit seinem Kahn den Reisenden half, den Fluss zu überqueren. Außer ihm warteten auch noch andere Menschen darauf, zum anderen Ufer gebracht zu werden.

Unter ihnen befand sich ein Mädchen, welches seine Aufmerksamkeit erregte: Sie hatte langes dunkelblondes Haar, das sie im Nacken zusammengebunden trug. Ihre Augen strahlten und sie lächelte voller Lebensfreude, während sie sich mit den anderen Menschen unterhielt.

Das Interesse des kleinen Seemanns·in·der·Zeit war geweckt. So wie er schien sie auf der Wanderschaft zu sein, unterwegs ohne ein festes Ziel. Eine große Tasche, die sie auf ihren Rücken gebunden hatte, barg die erforderliche Ausrüstung für die Reise zu Fuß und an ihrem Gürtel hing eine fein geschnitzte Flöte. Unvermittelt spürte der kleine Seemann den Wunsch ihren Namen zu erfahren, aber er traute sich nicht das Mädchen anzusprechen. Ihm fielen einfach keine Worte ein, mit denen er ihre Begegnung hätte einleiten können.

Und so beobachtete er sie, während der Kahn am Ufer anlegte und wie sie anschließend die Fähre betrat. Sie stellte sich abseits von den anderen Reisenden an das Geländer, um bei der Überfahrt auf den Fluss schauen zu können. Daraufhin fasste er den

Entschluss, zu ihr zu gehen und sich neben sie zu stellen.

Als er zu ihr kam, lächelte das Mädchen den kleinen Seemann an, und er fühlte, dass ihm ganz warm ums Herz wurde. Er nahm seinen ganzen Mut zusammen und fragte: „Würde es dich stören, wenn ich dir während der Fahrt Gesellschaft leiste?"

„Nein," antwortete sie freundlich, „das wäre schön. Dann können wir gemeinsam über das Wasser schauen."

Der Fährmann machte die Leinen los und der Kahn setzte sich in Bewegung. Gemeinsam beobachteten sie, wie sich der Steg langsam entfernte und als man vom Kahn aus die nächste Biegung des Flusses sehen konnte, sagte das Mädchen höflich: „Darf ich fragen, wie du heißt?"

Vor Überraschung war er zuerst sprachlos, denn er überlegte ja schon eine Weile, wie er es anstellen könnte, den Namen des Mädchens zu erfahren. „Ich bin der kleine Seemann·in·der·Zeit", antwortete er zurückhaltend.

Und noch bevor es ihm gelang, sich auf seine Frage zu konzentrieren, sagte sie: „Das ist ein schöner Name. Er hat eine eindrucksvolle Bedeutung. Mein Name ist Ichbinda. Er ist einfacher als deiner, aber ich mag ihn."

„Ja", stimmte ihr der kleine Seemann zu und schloss verträumt die Augen, als er die wunderschöne Botschaft dieses Namens erkannte, „ich mag ihn auch."

Die Wellen des Flusses reflektierten das Sonnenlicht und Fische sprangen im Wasser, gerade so, als ob sie miteinander Fangen spielten. Schweigend genossen der kleine Seemann·in·der·Zeit und Ichbinda den Rest der Überfahrt. Als sie am anderen Ufer an Land gegangen waren, erkundigte sich das Mädchen nach der Richtung seines Weges.

„Ich bin auf der Suche nach einem Ort, an dem ich zu mir selbst finden kann und Antworten finde auf Fragen, die ich mir stelle.", sagte der kleine Seemann ehrlich, „Weißt du, wo es so etwas gibt?"

„Solch eine Stätte der Zuflucht kannst du in jeder Richtung finden, in die du dich wendest. Eigentlich ist es gleich, welchen Weg du von hier aus nimmst, du solltest ihm nur lange genug folgen", riet ihm Ichbinda. Dann erklärte sie: „Ich werde jetzt Ausschau halten nach einem Platz für die Nacht."

„Vielleicht können wir zusammen nach einer Stelle zum Übernachten suchen?", fragte der kleine Seemann vorsichtig.

„Natürlich", antwortete Ichbinda sofort, „das ist eine gute Idee. Zu zweit finden wir bestimmt leichter einen Platz und außerdem macht es mehr Spaß als allein."

Obwohl sich der kleine Seemann·in·der·Zeit über die Annahme seines Vorschlags freute, wurde er unsicher. Er hatte nicht erwartet, dass das Mädchen seiner Bitte nachkommen würde. Außerdem ärgerte er sich über sich selbst, weil er verunsichert war und nicht wusste, wie er seine Freude darüber, Ichbinda getroffen zu haben, ihr gegenüber zum Ausdruck bringen sollte.

Noch bevor die Dämmerung einsetzte, hatten die beiden auf einer Lichtung im Wald einen Platz für die Nacht gefunden. Sie bauten ein Zelt auf, entzündeten ein Lagerfeuer und unterhielten sich, während sie in der Glut Kartoffeln garten. Von der friedlichen Atmosphäre und auch von der Wärme des Feuers angelockt, näherte sich eine Hasenfamilie dem Lager der beiden Menschen.

Als der kleine Seemann und Ichbinda sie entdeckten, luden sie die Hasen zum gemeinsamen Abendessen ein. Danach begann Ichbinda die Hasenkinder zum Spiel zu ermuntern. Und da die Eltern nichts dagegen einzuwenden hatten, hoppelten kurze Zeit später kleine lustige Fellknäule mit zu langen Ohren über und um das Mädchen herum. Das muntere Gebalge so spät in der Nacht ermüdete die Hasenkinder bald. Erschöpft legten sie sich zueinander, um von Ichbinda mit einem Lied zur guten Nacht in den Schlaf begleitet zu werden.

Der kleine Seemann hatte die ganze Zeit zugeschaut. Und als die Hasenmutter zu ihm kam, um sich neben ihn zu setzen, fühlte er sich auf eine unbekannte Art und Weise ruhig und ausgeglichen. Ichbinda lächelte ihm zu und erneut spürte er wärmende Geborgenheit. Zuversichtlich an die kommenden Tage denkend schlief der Seemann·in·der· Zeit neben der Hasenmutter ein.

„Kleiner Seemann wach auf. Schnell, wach auf!" Schläfrig setzte er sich auf und blickte Ichbinda fragend an. Mit ihrem ausgestreckten Arm zeigte sie aufgeregt zum Ende der Lichtung.

Dort, wo der Wald in Büsche und freies Feld überging, glitzerten Tausende von winzigen Wassertropfen des Morgentaus in phantastischen Farben im Licht der aufgehenden Sonne. Der kleine Seemann stand auf und ging mit dem Mädchen zum Rand des Waldes, um den wunderschönen Sonnenaufgang anzuschauen.

Als die Sonne den Morgentau getrocknet hatte, machten sie sich beide, noch immer schweigend, daran, ihr Zelt abzubauen. Der kleine Seemann wollte diesen Tag gerne mit Ichbinda zusammenbleiben, aber er traute sich wieder nicht, ihr das zu sagen. Deshalb ließ er sich beim Einsammeln seiner Sachen viel Zeit und hoffte, dass es sich von selbst ergeben würde.

Ichbinda hatte ihren Rucksack fertig gepackt und wartete auf ihren Begleiter. „Wollen wir zusammen weiter wandern?", fragte sie ihn und beschämte so, ohne es zu wissen, den kleinen Seemann.

Es bedrückte ihn, dass er nicht den Mut hatte aufbringen können, sie genau das zu fragen. Er fühlte sich wie ein Feigling und dachte: „Trau dich wenigstens ehrlich zu ihr zu sein." Also antwortete er ihr: „Weißt du, ich habe nicht den Mut gehabt, dich das zu fragen. Irgendwie weiß ich selbst nicht genau, was ich eigentlich will. Aber ich würde mich schon freuen, wenn wir den heutigen Tag zusammen verbringen könnten."

„Das ist toll", lachte Ichbinda und in diesem Moment hatte der kleine Seemann·in·der·Zeit das Gefühl, eine richtige Entscheidung getroffen zu haben.

Ihr Weg führte die beiden in die Berge. Sie waren den ganzen Tag gelaufen und schon ziemlich erschöpft. Konzentriert auf den Boden unter ihren Füßen blickend bestiegen sie einen Berg, hinter dem das nächste Dorf lag.

Da erbebte plötzlich die Erde!

Erschrocken blickten der kleine Seemann und das Mädchen auf. Steine und Geröll lösten sich um sie herum und stürzten den Berg hinab.

„Schnell, ganz nach oben, auf den Gipfel! Sonst werden wir von dem Geröll erschlagen!", rief der kleine Seemann Ichbinda zu, die wie erstarrt stehen geblieben war, um den hinab fallenden Steinen nachzuschauen.

Wieder bebte der Erdboden! Da kletterten die Beiden so schnell es ging den Berg hinauf und wagten erst wieder Luft zu holen, als sie auf dem Gipfel standen.

Kurz darauf wünschte der kleine Seemann jedoch, nicht hier oben angekommen zu sein. Von der Stelle aus, an der sie sich befanden, konnten sie das Dorf im Tal auf der anderen Seite des Berges sehen. Immer wieder bebte die Erde unter ihnen und der Seemann fühlte, dass er zornig wurde. Zornig darüber, dass er nichts gegen das Erdbeben tun konnte – denn es gab keine Maschine, die diese Kraft der Natur hätte bändigen können.

Und so mussten sie, während er und Ichbinda sich in Sicherheit befanden, verzweifelt mit ansehen, wie der wütende Erdboden unten im Tal Häuser zusammenfallen ließ und deren Bewohner unter den

Mauern begrub. Wie umstürzende Bäume Tieren den rettenden Weg auf die Felder versperrten, und wie Kinder von einem wild gewordenen Fluss mitgerissen wurden.

Wie versteinert, unfähig ganz erfassen zu können, was sie miterleben mussten, standen der Seemann und Ichbinda auf dem sicheren Gipfel des Berges und wagten erst wieder sich zu rühren, als Schreie des Schmerzes und Rufe nach Hilfe zu ihnen drangen und ihnen bewusst werden ließen, dass sie jetzt endlich etwas tun konnten.

So schnell sie konnten, liefen sie den Berg hinunter zu dem zerstörten Dorf im Tal. Der kleine Seemann·in·der·Zeit half den zwischen Trümmern eingeklemmten Menschen und Tieren aus ihrer gefährlichen Lage und gab Anweisungen, wie Häuserwände und Zäune, die umzustürzen drohten, abgestützt werden mussten, damit sie nicht weiteres Unheil anrichten konnten. Dann überzeugte er die unverletzt gebliebenen Menschen davon, dass sie als nächstes ihr Dorf gegen eine Überschwemmung durch den nahen Fluss sichern mussten.

Ichbinda war froh, dass es jemanden gab, der wusste, was zu tun war und bemühte sich, die Anweisungen, die der kleine Seemann gab, so gut sie konnte auszuführen.

Nachdem sie sich um die Verwundeten gekümmert hatten und die davon gelaufenen Tiere wieder eingefangen waren, setzten sich die Menschen zusammen. Es war Nacht geworden und viele weinten. Der kleine Seemann fühlte die Trauer und die Hoffnungslosigkeit der Menschen, und weil es ihm sehr schwer viel, diese Atmosphäre zu ertragen, wollte er aufstehen und weggehen.

Da holte Ichbinda ihre Flöte hervor und begann auf ihr zu spielen. Die ersten Lieder, die sie spielte, klangen traurig und die Menschen fanden sich in dieser Musik wieder. Dann jedoch entlockte das Mädchen dem Instrument hoffnungsvolle, ja sogar heitere Töne und es schien dem Seemann, als ob Ichbinda eine Zauberflöte besäße, die, wenn man auf ihr zu spielen verstand, den Menschen Mut und Freude am Leben geben konnte. Als das letzte Lied verklungen war, hatte der kleine Seemann·in·der· Zeit nicht mehr das Verlangen wegzugehen. Er sah, dass einige Menschen zaghaft lächelten und jene in die Arme nahmen und trösteten, die noch in ihrem schmerzlichen Verlust gefangen waren.

Trotzdem war der kleine Seemann unglücklich und verwirrt. Ichbinda kam zu ihm und fragte ihn, warum er so trübsinnig war. Nachdenklich blickte der Seemann das Mädchen an. Eine Weile schwieg er, nicht aus Schüchternheit, sondern weil ihm die Worte fehlten, um zu beschreiben, was in ihm vorging.

Zögernd begann er schließlich zu sprechen: „Du hast die Menschen mit deinen Liedern aufgeheitert, hast ihnen Mut gegeben für einen neuen Anfang und neue Hoffnung. Ich habe gedacht, dass ich anderen mit meinen Erfindungen helfen könnte, dass meine Maschinen den Menschen Erleichterung bringen würden. Ich glaubte, ich könnte alles schaffen, wenn ich es nur wollte. Aber nun – ."

Der Seemann hielt inne und verstummte. Tränen liefen über seine Wangen und er brauchte viel Mut, um weiter zu sprechen: „Nun sehe ich, dass ich gar nichts tun kann. Alles, was ich weiß und von dem ich meinte, es wäre zum Wohle der Menschen, konnte nicht helfen, dieses Unglück zu verhindern. Du jedoch tust etwas, das ich früher einen nutzlosen Zeitvertreib genannt hätte und bringst den Menschen damit eine Freude, die ihnen wirklich Erleichterung verschafft von ihrem Kummer und ihren Sorgen."

Der Seemann·in·der·Zeit war verzweifelt. Er hatte das Gefühl, dass er alles in seinem Leben falsch gemacht hatte und wusste nicht, wie er es wieder in Ordnung bringen könnte.

„Kleiner Seemann", sagte Ichbinda sanft, „was du gesagt hast, das ist nicht wahr. Du hast den Menschen geholfen! Wenn du ihnen nicht gezeigt hättest, wie sie ihre Verletzten retten und sich vor der Flut schützen können, dann würden wir jetzt nicht hier beisammen sitzen und alle meine Lieder wären ungehört verklungen. Jeder von uns hat gegeben, was seinen Fähigkeiten entsprach und das Eine ohne das Andere hätte nicht zu dem geführt, was wir im Moment erleben dürfen. Ich glaube, du erwartest Zuviel von dir und schätzt gleichzeitig deine Begabung zu gering ein. Was wir beide getan haben, ist gleich wichtig und von großer Bedeutung für diese Menschen. Nicht nur für sie, sondern auch für mich. Als wir hierher kamen, war ich sehr froh, dass du da warst! Du wusstest, was man tun konnte, um zu helfen. Das hat mir Mut gemacht und Kraft gegeben."

„Ist das wahr?", fragte der kleine Seemann·in·der· Zeit zweifelnd.

„Ja", antwortete Ichbinda ehrlich, „Ich freue mich sehr, dass ich dich kennengelernt habe."

„Ich bin auch froh", sagte der Seemann, „aber irgendwie ist es so ungewohnt, einen Weg zu zweit zu gehen."

„Ja, das stimmt", erwiderte Ichbinda.

Keiner von beiden wusste nach dieser Aussprache noch etwas zu sagen und so saßen sie einfach nur still nebeneinander. Der kleine Seemann dachte an die zurückliegenden Stunden. Es kam ihm so vor, als ob er in seinem Leben noch nie einen Tag erlebt hatte, der so außergewöhnlich und so gegensätzlich verlaufen war.

„Was war das nur für ein Tag!", nahm er das Gespräch wieder auf: „Heute früh waren wir so glücklich, als wir der Sonne inmitten des glitzernden Morgentaus beim Aufgehen zugeschaut haben. Und am Nachmittag wurden wir Zeuge dieses Unglücks und sahen, wie schreckliche Dinge geschahen. Und dabei hatte ich den Eindruck, dass dieser Tag mit einem Wunder beginnt und fühlte mich so unbeschwert und stark. Aber jetzt kommt es mir unbedeutend und winzig vor. Ich bin sehr traurig."

Nachdenklich betrachtete Ichbinda den kleinen Seemann. „Kannst du dir vorstellen, wie du dich fühlen würdest, wenn du diesem kleinen Wunder von heute morgen die gleiche Wichtigkeit gibst, wie der hinter uns liegenden Katastrophe?", gab sie dem Seemann zu bedenken.

„Ich glaube, es ginge mir besser als jetzt."

„Ja", ging das Mädchen auf seine Antwort ein. „Den Wert dieser Erlebnisse bestimmen wir doch selber! Schöne Erfahrungen kann man eigentlich jeden Tag sammeln. Ab und zu jedoch geschehen auch sehr schlimme Dinge. Aber wir können etwas tun – wir haben es ja getan, damit sie uns nicht erdrücken, oder?"

Zögernd begann der Seemann·in·der·Zeit zu lächeln. Er spürte, wie die Erinnerung an die morgendlichen Stunden zurückkehrte. Bis sie wieder ganz nahe war, geradeso, als ob sie eben erst zu ihrer Wanderung aufgebrochen wären.

„Ich glaube, was du gesagt hast, kann mir dabei helfen, meinen Weg in dieser Welt leichter zu gehen – wo auch immer dieser hinführen mag", dankte er Ichbinda und sie nickte zustimmend mit dem Kopf. „Begleitest du mich noch ein Stück auf diesem Weg?", fragte er vorsichtig.

Seine Freundin schaute ihm in die Augen und lächelte wieder auf die Art, die es dem Seemann warm uns Herz werden ließ. Sanft antwortete sie ihm: „Ich bin da!"

Da nahm der Seemann seine Freundin bei der Hand und sie gingen zu ihrem Zelt, erschöpft und erfüllt von all den Ereignissen dieses Tages.

Versteckt hinter Bäumen standen Pegasus und der schwarze Stier und beobachteten die beiden Menschen auf dem ersten Stück ihres gemeinsamen

Weges. Doch selbst, wenn der Seemann die beiden hätte sehen können, hätte er sie nicht wiedererkannt, denn die Tiere hatten sich verwandelt: Aus dem wütenden, starken Stier mit den spitzen Hörnern war ein kritischer Begleiter geworden. Und das weiße Pferd mit den Flügeln und der langen, im Wind wehenden Mähne, hatte ihm die Fähigkeit geschenkt, seine Vorstellungskraft einzusetzen, um die traurigen Erfahrungen leichter nehmen und die schönen Ereignisse genießen zu können.

KAPITEL 3

Die Zauberworte

Der Seemann·in·der·Zeit und Ichbinda blieben nach dem Erdbeben noch einige Tage bei den Menschen des Dorfes in den Bergen und halfen ihnen beim Wiederaufbau der Häuser und der Tierställe. Als die größten Schäden beseitigt waren und die Einwohner wieder beginnen konnten, dem Tag einen gewohnten Ablauf zu geben, verabschiedeten sich die beiden Freunde und wünschten den Menschen viel Glück für den neuen Anfang.

Der Seemann und Ichbinda wanderten weiter durch die Täler der Berge. Zunächst waren sie allein unterwegs, trafen kaum auf andere Menschen. Um so weiter sie sich jedoch dem Inneren des Landes näherten, desto mehr Reisende begegneten ihnen. Diejenigen, die zu Fuß gingen, waren auf dem Weg zum nächsten Bahnhof und alle redeten von dem bevorstehenden Ereignis, das sie gemeinsam erleben wollten.

Sie erzählten dem Seemann·in·der·Zeit und Ichbinda vom Frühlingsfest. Die fröhliche Erwartung, mit der über die Feier gesprochen wurde, machte die Beiden neugierig. Das Frühlingsfest sollte in einem weiter entfernt liegenden Teil des Landes stattfinden und so beschlossen sie, sich den Menschen anzuschließen, die vorhatten, vom Bahnhof aus mit dem Zug dorthin zu fahren.

In der kleinen Stadt, in der die Eisenbahn halt-machte, herrschte große Aufregung. Auf den Straßen und Plätzen hielten sich viele Menschen auf. Sie standen in kleinen Gruppen herum und schwatzten und lachten miteinander. Vor den Häusern spielten Kinder und dazwischen tummelten sich Hunde und Katzen. Noch nie hatte der Seemann so viele Leute auf einmal erlebt. Wo er auch hinschaute, überall schienen fröhliche Gestalten lebhaft aufeinander einzureden und verbreiteten eine unternehmungs-lustige Stimmung. Es kam ihm so vor, als ob er sich in einem Meer aus Klängen und Farben befand. Auch der Bahnhof war für ihn wie ein einziges Ge-wirr von munteren Stimmen und bunter Kleidung.

In dem Zug, den der Seemann und Ichbinda be-stiegen, herrschte dieselbe Atmosphäre, und vor allem: Gedränge. Die Abteile und Gänge des Zuges waren voller Menschen. In einem der vorderen Wag-gons fanden die Beiden Platz, um sich zu setzen. Der Seemann wollte sich von der anstrengenden Wande-rung ein wenig auszuruhen, doch es fiel ihm schwer, zur Ruhe zu kommen. Zu viele Menschen, zu viele Eindrücke, denen er sich hier nicht entziehen konn-te.

Um ihn herum waren nur lärmende Menschen, die nichts anderes taten, als sich zu vergnügen. Das war für den Seemann·in·der·Zeit sehr fremd und er fühlte sich der Situation nicht gewachsen. Er dachte daran, an der nächsten Station wieder auszusteigen, aber da war ja auch der Wunsch, zusammen mit Ichbinda das Frühlingsfest zu besuchen.

Schließlich fand der Seemann eine Möglichkeit. Er ging zu dem letzten freien Platz an einem Fenster auf dem Gang und schaute hinaus auf die dahingleitende Landschaft.

Gedanken und Fragen beschäftigten ihn. War seine Zuneigung zu Ichbinda so stark geworden, dass sie ihm Kraft geben konnte, an dem ungewohnten Geschehen der kommenden Tage teilzunehmen? In diesem Moment bezweifelte er das. Er wusste so wenig von ihr, erlebte in diesen Tagen so Vieles, das ihn verwirrte.

Seine Freundin war inzwischen mit anderen Reisenden ins Gespräch gekommen und unterhielt sich mit ihnen darüber, wo sie herkamen und was sie auf dem Frühlingsfest erleben wollten. Nach einer Weile begannen ein paar der Leute Musik zu machen und Ichbinda holte ihre Flöte hervor, um mitzuspielen.

Ihr Flötenspiel rief den Seemann·in·der·Zeit aus seinen Gedanken. Er hörte die fröhliche Musik, aber sie berührte ihn nicht. Als die anderen Reisenden sich in das Abteil drängten und begannen mitzusingen, konnte er Ichbinda gar nicht mehr sehen.

Er wurde wütend. Er konnte kein Instrument spielen und war eifersüchtig auf die, mit denen seine Freundin gemeinsam musizierte. All die Menschen, die etwas taten, an dem er nicht teilhaben konnte und das Verhalten von Ichbinda, für die er nur noch wie Luft zu sein schien, konnte er mit einem Mal nicht mehr ertragen.

Der Seemann zwängte sich durch die Menge der um ihn herumstehenden Leute und ging in den letzten Waggon des Zuges. Hier waren nicht so viele Menschen. Es herrschte Ruhe und er fand einen Platz für sich allein.

Der Zug bahnte sich seinen vorgegebenen Weg durch die Landschaft. Hielt ab und zu an Bahnhöfen, um Ankommende aussteigen zu lassen und Reisende aufzunehmen. Dann setzte er sich erneut in Bewegung und folgte sanft und gleichmäßig rüttelnd den Schienen, bis er an eine Station kam, die keinen Namen hatte. Dort wurden in der Mitte der Eisenbahn die vorderen Waggons von den hinteren abgekoppelt, die zweite Hälfte der Bahn an eine andere Lokomotive gehängt und beide Züge fuhren dann bis zu einer Weiche, an der sich ihre Wege trennten.

Der Seemann·in·der·Zeit saß noch immer in seinem Abteil und grübelte vor sich hin. Seine Selbstsicherheit war in den letzten Stunden auf einen Tiefpunkt gesunken und seine Gefühle befanden sich in einem Durcheinander von Wut und Traurigkeit, dem Wunsch allein zu sein und der Sehnsucht nach Nähe zu Ichbinda.

Eigentlich wartete er darauf, dass sie zu ihm kam. Denn er fühlte sich von ihr nicht ausreichend beachtet und schlecht behandelt. Und sein verletzter Stolz erlaubte ihm nicht, den ersten Schritt zu tun. Aber auch, wenn er sich nicht in einem Wirrwarr aus Hoffnungen, Wünschen und Verlangen verfangen hätte, wäre er nicht imstande gewesen, wieder auf sie zuzugehen. Es waren ja überall Menschen um sie herum.

Der Zug hielt an. Nach einer Weile begann der

Seemann sich darüber zu wundern, dass er nicht mehr weiter fuhr. Er schaute aus dem Fenster, konnte jedoch keine Menschenseele entdecken. Erst jetzt bemerkte er, dass auch der Zug selbst leer war, und er stieg aus, um herauszufinden, warum der Zug nicht mehr weiter fuhr.

Doch als der Seemann·in·der·Zeit den Bahnhof betrat, erstarrte er. Er konnte nicht begreifen, was er da sah: Der Zug war ein anderer, als der, in den er mit Ichbinda zusammen eingestiegen war! Da waren überhaupt keine lärmenden Menschen mehr – da waren *gar keine* Menschen mehr. Und es wurde ihm plötzlich klar, dass er keine Ahnung hatte, wo er sich hier befand.

In diesem Moment kam der Stationsvorsteher aus dem Bahnhofsgebäude und schüttelte verwundert mit dem Kopf.

Der Seemann rief dem Mann verwirrt zu: „Was ist geschehen?".

Der Stationsvorsteher blieb stehen, er verstand die Frage nicht.

Der Seemann versuchte sich verständlicher aus-zudrücken und fragte erneut in eindringlichem Ton: „Was ist mit dem Zug passiert?"

Der Mann betrachtete den Zug und zuckte gleich-gültig mit den Schultern: „Der Zug steht."

„Aber wo sind die anderen Waggons geblieben und die Menschen?"

Der Stationsvorsteher antwortete nicht: da waren keine anderen Eisenbahnwaggons und auch keine Menschen.

Der Seemann begann an der offensichtlichen Schwerfälligkeit dieses Mannes zu verzweifeln. So kam er nicht weiter. Er versuchte mit einer neuen Frage seiner Verwirrung Herr zu werden: „Wo sind wir hier?"

„Wo wir sind? Hier ist Endstation!"

„Aber welche? Wie heißt diese Station?"

„Die Station heißt Endstation." Der Stationsvorsteher begriff nicht, was der Seemann von ihm wollte. Jeder konnte doch sehen, dass es hier nicht weiterging. Die Züge hielten hier eine Weile und dann fuhren sie wieder weg.

Furcht ergriff den Seemann·in·der·Zeit. „Diese Gegend muss doch einen Namen haben! Der Zug fährt ja hierher. Wo ist er denn hier hingefahren?"

„Zur Endstation", war die wiederholte Antwort des Stationsvorstehers, dem die Angelegenheit nun zu dumm wurde, sich umdrehte und in das Bahnhofsgebäude zurückging.

„Das hat keinen Zweck", dachte der Seemann und ließ den Mann gehen. Diese Station war anscheinend für ihn wie eine eigene kleine Welt und der Mann hatte keine Vorstellung davon, was es außerhalb des Bahnhofes, entlang den Schienen, sonst noch gab. Und daher hatte die Station auch keinen Namen, weil es für ihn nur diese eine gab.

Der Seemann·in·der·Zeit hatte sich verirrt und er hatte Ichbinda verloren!

Sein ursprünglicher Zorn war wie verflogen. Er fing an, sich Vorwürfe zu machen, weil er weggegangen war. Er war sich plötzlich sicher, dass er jetzt auf seine Freundin würde zugehen können, aber er wusste ja nicht, wo sie war oder wie er sie finden konnte. Wo sollte er anfangen zu suchen, wenn er keine Ahnung davon hatte, wo er selbst sich eigentlich befand?

Der Seemann verließ den Bahnhof in der Hoffnung jemanden zu treffen, der ihm Antwort auf seine Frage geben konnte.

Bis die Dämmerung einsetzte, lief er suchend umher. Aber er hatte keinen Erfolg, denn es war eine sehr einsame Gegend. Da ging er zurück und setzte sich in der Nähe des Bahnhofs auf einen großen grünen Stein, um auszuruhen und seine Gedanken etwas zu ordnen.

Plötzlich bewegte sich der große Stein unter ihm. Erschrocken sprang der Seemann auf und sah, wie dem grünen Stein ein Kopf und vier Beine wuchsen. Erstaunt stellte er fest, dass er auf dem Rücken einer großen Schildkröte gesessen hatte.

„Bitte entschuldige die Störung", bat der Seemann. „Ich dachte, du seiest ein Stein, auf dem ich mich ein bisschen ausruhen wollte."

„Das macht nichts", sagte die Schildkröte freundlich, „mein Schild ist stark."

Der Seemann blickte etwas verunsichert auf die alte Schildkröte. Da fiel ihm ein, dass er nun jemanden gefunden hatte, den er fragen konnte, wo er sich befand.

„Du hast dich hier in den Hintersten Winkel des Landes zurückgezogen", antwortete die Schildkröte langsam.

„Im Hintersten Winkel, im Hintersten Winkel", klang es in den Ohren des Seemannes nach. Das war also der Name dieses Ortes.

Er hatte gedacht, dass er es schaffen könnte, zu Ichbinda zurückzufinden, wenn er erst einmal wusste, wo er war. Aber das stimmte nicht. Jetzt bemerkte er, dass die Vorwürfe, die er sich machte, ihn noch immer daran hinderten. Er befürchtete, dass Ichbinda böse auf ihn war, weil er sie allein gelassen hatte – so böse, wie er auf sie gewesen war, und dass sie ihn nicht mehr mögen würde. Ja, und selbst wenn sie es trotzdem könnte: der Seemann·in·der·Zeit fühlte sich nicht mehr würdig, ihr nah zu sein. Aus diesem Grund konnte er nicht mehr zu ihr zurück gehen.

„Kann ich dir helfen?", fragte die Schildkröte und rief ihm so in Erinnerung, dass er nicht allein hier war.

Der Seemann schaute ihr in die Augen. „Kann sie das?", überlegte er. Würde die alte Schildkröte verstehen, was passiert war, was er getan hatte? Vielleicht konnte sie das, entschied er und so begann der Seemann zu berichten.

Wo er herkam, warum er von zu Hause weggegangen war und wie er zur Insel des Vertrauens gelangte. Er erzählte von den Blumen des Lebensbaumes und der Fee, die ihm damals geholfen hatte, von seinem selbstgebauten Schiff und dem, was er auf dem Meer erlebt hatte. Dann schilderte er seine Erfahrungen im Reich des Königs der Maschinen und erklärte, warum er seine Arbeit dort beendete, nachdem er Pegasus und den schwarzen Stier kennengelernt hatte. Und schließlich erzählte er, wie er Ichbinda traf.

Das, was von da an geschah, hatte ihn heute früh überwältigt. Das Unglück in den Bergen und danach das Zusammentreffen mit den vielen fremden, fröhlichen Menschen, die sich so wie er und seine Freundin auf dem Weg zum Frühlingsfest befanden, waren zuviel für ihn geworden.

„Aber ich habe mich nicht richtig verhalten. Ich war so erschöpft von all den neuen Erfahrungen und diesen vielen lärmenden Leuten. Im Zug wollte ich ein bisschen allein sein, allein mit Ichbinda. Als ich dann sah, wie sie anfing mit den anderen Musik zu machen und mich gar nicht mehr beachtete, da wurde ich wütend und bin weggegangen. Und jetzt sind die Menschen fort und die anderen Eisenbahnwaggons und – ich habe Ichbinda verloren. Ich war beleidigt, weil ich dachte, dass ich für meine Freundin nicht mehr wichtig bin. Aber vielleicht hat sie es ja gar nicht böse gemeint. Ichbinda kann mit den Menschen viel besser umgehen als ich. Für mich ist das alles so neu. Wenn ich mich nicht so überwältigt gefühlt hätte, dann hätte ich die Ereignisse wahrscheinlich anders aufgenommen und vielleicht wäre ich bei ihr geblieben. Ich bin schuld daran, dass wir uns verloren haben", beendete der Seemann·in·der· Zeit seine Rede.

„Du könntest zum Bahnhof zurückgehen und von da aus den Schienen so lange folgen, bis du zu der Stelle kommst, von der aus die Eisenbahnwaggons und die Menschen einen anderen Weg genommen haben, als dein Zug", riet ihm die alte Schildkröte.

„Und dann?", fragte der Seemann zweifelnd.

„Dann gehst du einen neuen Weg, bis zu dem Ort, wo sie hingefahren sind. Zum Frühlingsfest."

„Da müsste schon ein Wunder helfen, damit ich sie finde, weil ich nicht weiß, wo die Feier stattfindet", wehrte der Seemann den Ratschlag ab. „Außerdem glaube ich nicht, dass Ichbinda mich überhaupt noch sehen will. Ich habe mich so dumm verhalten."

Die Schildkröte betrachtete den Seemann und überlegte. Schließlich sagte sie geheimnisvoll: „Es gibt ein paar Zauberworte, welche dich wieder zu ihr führen können."

„Zauberworte?", fragte der Seemann ungläubig, „wie heißen die denn?"

Die alte Schildkröte antwortete nicht sofort darauf, sondern gab zu Bedenken, dass diese Worte nur wirken könnten, wenn er überzeugt war von dem, was er tat.

Der Seemann schwieg unentschlossen.

„Willst du zurück zu deiner Freundin?", fragte die Schildkröte schließlich.

Der Seemann wollte Ichbinda unbedingt wiederfinden. Das würde jedoch bedeuten, dass er auch den Willen und den Mut aufbringen musste, sich auf all die Menschen bei dem Frühlingsfest einzulassen. Und damit einen Teil von dem lernen musste zu tun, was seine Freundin konnte und von ihm wünschte.

„Einmal angenommen, ich finde den Bahnhof, wo das Frühlingsfest stattfindet: wird Ichbinda dort sein und auf mich warten?"

„Das kann ich dir nicht sagen", antwortete die alte Schildkröte ehrlich, „aber wenn du nicht hingehst, wirst du es nie herausfinden."

„Also vorausgesetzt, dass sie da ist", gab der Seemann seinem Wunsch Ausdruck, „wird sie mich anhören?"

„Erwarten kannst du nichts, aber wünschen!"

Diese Antwort entmutigte ihn etwas, aber der Seemann·in·der·Zeit erkannte jetzt, was er tun musste, um ein Wiedersehen mit seiner Freundin zu ermöglichen.

„Wie heißen diese Zauberworte, alte Schildkröte?", wollte er wissen.

Diesmal antwortete sie ihm: „Die Zauberworte heißen: ,Ich vergebe mir!'."

Der Seemann zögerte nicht. Er bedankte sich für die Hilfe und machte sich auf den Weg.

Die alte Schildkröte schaute dem Seemann nach; wünschend, dass er den Weg zu Ichbinda finden würde; den Zweifel und die Furcht mitfühlend, welche den Seemann auf den Schienen begleiteten. Aber auch erfüllt von stiller Zufriedenheit, weil es nun einen weiteren Menschen gab, der die Kraft der Zauberworte kennenlernen würde.

Der Seemann·in·der·Zeit folgte den Schienen, bis er zu der Weiche kam, an der sich der Zug geteilt hatte. Dort stand er eine Weile herum und wusste nicht so richtig, was er nun tun sollte. Er dachte an das, was die alte Schildkröte zu ihm gesagt hatte: „Die Zauberworte können nur wirken, wenn du an das, was du tust, auch glaubst; wenn du es wirklich willst."

Da begann er die Zauberworte langsam und vorsichtig auszusprechen. „Ich vergebe mir." – „Ich vergebe mir!" Zweimal, dreimal sagte er sie und wiederholte sie so lange, bis sie laut und sicher klangen.

Anfänglich geschah nichts und er begann sich schon Sorgen zu machen, dass es nicht funktionierte. Doch auf einmal fingen seine Füße an, sich wie von selbst zu bewegen. Sie schritten über die Weiche und entschieden sich dann für den neuen Weg.

Am Ende der unzähligen Schienenschwellen, über die er gehen musste, wurde tatsächlich das Frühlingsfest gefeiert. Ichbinda hatte seit ihrer Ankunft auf dem Bahnhof gewartet, weil sie wusste, dass dies der einzige Ort war, an dem der Seemann sie wiederfinden konnte. Sie war die ganze Zeit überzeugt davon, dass er kommen würde, fragte sich jedoch voller Sorge, was inzwischen geschehen war und hoffte sehr, dass es ihm gut ginge.

Als sie den Seemann von Weitem auf den Schienen entdeckte, lief sie ihm freudestrahlend entgegen, um ihn zu begrüßen.

Der Seemann·in·der·Zeit war so froh, dass sich seine Wünsche erfüllten: seine Freundin war da, sie hatte auf ihn gewartet und war bereit, ihm zuzuhören. Nur, wie sollte er ihr erklären, dass er böse auf sie gewesen war? Und wie sollte er ihr sagen, dass er befürchtete, sie würde ihn nicht mehr mögen, nach allem, was geschehen war?

„Ich bin schuld, Ichbinda. Bitte verzeih mir", bat

er. „Ich habe mich sehr dumm verhalten und dir dadurch bestimmt Sorgen bereitet."

Der Seemann versuchte ihr zu erklären, wie alles gekommen war, so wie er es auch der alten Schildkröte beschrieben hatte. Er erzählte von seinem Erlebnis im Hintersten Winkel des Landes und von der Wirkung der Zauberworte.

Schließlich sagte er: „Ich habe dich doch so lieb und möchte gern mit dir zusammen sein. Es tut mir leid, Ichbinda."

„Wenn du dich dafür entschuldigst, dass du weggegangen bist, dann sollte ich mich dafür entschuldigen, dass ich dich habe gehen lassen", antwortete seine Freundin. „Weißt du, es macht doch viel mehr Spaß mit anderen Musik zu machen, wenn du dabei bist. Aber ich habe dir das nicht gezeigt. Es tut mir leid, Seemann."

Beide versuchten sich in den anderen einzufühlen und überdachten die gesagten Worte. Sie schauten sich schweigend an. Dann umarmten sie sich und gingen zusammen zu den Wiesen, wo die Menschen das Frühlingsfest feierten.

Überall wurde gesungen und getanzt, geredet und gelacht. Die beiden Freunde stärkten sich an den bereiteten Speisen und ließen die fröhliche, ausgelassene Atmosphäre auf sich wirken.

Als Ichbinda ihre Flöte hervorholte und zu einer Gruppe von Menschen ging, die damit beschäftigt waren, ihre Musikinstrumente für ein Konzert neu zu stimmen, folgte der Seemann·in·der·Zeit seiner Freundin und setzte sich dazu.

Da gab Ichbinda ihm ihre Flöte und er lernte von ihr, wie man darauf spielte.

Und so konnte er damit beginnen, gemeinsam mit den anderen Menschen zu musizieren.

KAPITEL 4

Der Seemann macht die Leinen los

Der Seemann·in·der·Zeit hatte viel Freude daran, von Ichbinda zu lernen, wie man Flöte spielt. Er entdeckte neue Begabungen in sich selbst, als er gemeinsam mit anderen Menschen auf dem Frühlingsfest musizierte. Stunden der Seelenruhe und Tage mit frohem Herzen erlebte er in dieser Zeit, ohne seine Wandlung zu erfassen: denn, auf den Festwiesen hatte der Seemann aufgehört, in die Vergangenheit schweifende Vergleiche anzustellen.

Der Seemann·in·der·Zeit wäre jedoch nicht der, der er war, wenn dieses Lebensgefühl angedauert hätte.

Im Frühling wurden die Tage wieder länger und in diesen Nächten feierten die Menschen bis in die Stunden des Morgens hinein, um die Vorboten des neuen Jahres zu begrüßen. Legte sich dann der Seemann, um auszuruhen, nieder, so schlief er tief und fest und sammelte Kraft für den nächsten Tag.

Als sich das Fest dem Ende näherte, wurde sein Schlaf jedoch nachhaltig gestört.

Fest gepackt an Händen und Füßen wurden ihm die Augen verbunden. Er wehrte sich heftig, konnte aber nicht verhindern, dass er weggeschleppt und inmitten von quälend heißen Feuern an einen Pfahl gefesselt wurde.

Die Hilflosen Hexen hatten ihn in ihre Gewalt

gebracht und begannen einen Zaubertanz aufzuführen. Sie wirbelten um ihn herum, schürten die Lebenskraft zehrenden Feuer und sangen immer wieder:

Warum bist Du der „Seemann·in·der·Zeit"?
Wer ist denn ein Seemann und was ist Zeit?
Kannst Du keine Antwort geben,
musst Du leben, musst Du leben!
Wenn sodann die Blindheit fällt,
Erkenntnis Deine Seele quält:
siehst Du, dass allein Du bist,
ja, ganz und gar hilflos bist!

Der Seemann spürte, wie er schwächer und schwächer wurde – lange konnte er sich dem angriffslustigen Tanz der Hexen nicht mehr widersetzen. Als die Flammen nach dem Kern seines Wissensdurstes griffen, erwachte er um Hilfe schreiend aus seinem Traum.

Ichbinda erhob sich von ihrem Nachtlager und nahm den Seemann tröstend in ihre Arme. Seine Freundin versuchte ihn damit zu beruhigen, dass er nur geträumt hatte, doch in diesem Moment war die Frage der Hexen schon zu seiner eigenen geworden.

Er wusste, dass die Hilflosen Hexen versuchten, den Menschen Angst zu machen, um Macht über sie zu bekommen und sie dann in Gestalten zu verhexen, die keinen eigenen Willen mehr hatten. Wenn sie das erst einmal geschafft hatten und sich die abhängigen Gestalten an den ihnen aufgezwungenen magischen Regeln festhielten, waren diese armen Menschen gezwungen, alles zu tun, um die Macht der Hilflosen Hexen zu erhalten.

Die Frage, warum er ein Seemann·in·der·Zeit war, ließ ihn nun nicht mehr los. Aus diesem Grunde begann er mit den Menschen auf dem Frühlingsfest darüber zu sprechen.

Die meisten glaubten, dass der Schöpfer es so gewollt hatte und sagten ihm, sie würden sich Seinem Willen anvertrauen.

Einige erinnerten ihn an den natürlichen Werdegang, der seinem Dasein zugrunde lag und rieten ihm, diese Entwicklung fortzuführen, indem er ein kleines Seemann-Baby zeugte.

Es gab auch Menschen, die sich über diese Art von Fragen keine Gedanken machten: sie antworteten ihm, dass sie einfach nur leben würden, um wie hier ein Fest zu feiern. Und wenn das Frühlingsfest zu Ende wäre, würde es schon irgendwo eine andere Feier geben, zu der sie dann gingen.

Schließlich traf der Seemann noch auf Menschen, die sich auserwählt fühlten, über das Sein und Werden der Welt nachzugrübeln. Sie prophezeiten sich selbst, wie auch allen anderen, ein schlimmes Ende, weil sie meinten, dass der Wandel der Zeit ein Werk des Teufels wäre.

Der Seemann bewegte die unterschiedlichen Antworten in seinem Inneren, aber er fand in ihnen keine Richtung für sich. Irgendetwas passte nicht zu ihm selbst: es hatte den Anschein, als ob alles, was er gehört hatte, Teile der Antwort und doch nicht die ganze Wahrheit waren.

Warum konnte ihm keiner von den Leuten, die er

fragte, eine Auskunft geben, die ihn zufriedenstellte? Was war falsch an dem, was er suchte und wie er es tat? Brauchte er sich vielleicht gar nicht nach den Erklärungen der anderen Menschen zu erkundigen? Lag die Antwort vielleicht in ihm selbst? Das war eine neue, faszinierende Idee.

Der letzte Tag des Frühlingsfestes war gekommen. Der Seemann·in·der·Zeit saß etwas abseits des Geschehens auf einem Hügel und beobachtete, wie die Menschen sich auf die Abreise vorbereiteten.

Seine Freundin kam und setzte sich zu ihm. „Was ist es, das dich in den letzten Tagen so sehr beschäftigt, dass du dich zuerst mit den vielen dir unbekannten Menschen unterhalten hast und jetzt ganz allein hier sitzt", wollte sie von ihm wissen.

„Weißt du, Ichbinda, wir sind jetzt schon eine Weile gemeinsam zusammen auf der Wanderschaft. Ich habe mich oft gefragt, ob du überhaupt ein Ziel hast. Ob es da ein Licht gibt, welches dich leitet, wenn der Weg beschwerlich oder in Dunkelheit gehüllt ist. Manchmal habe ich den Eindruck, dass du einfach nur so vor dich hin wanderst."

Ichbinda überlegte, was ihr Weggefährte herauszufinden versuchte. Sie suchte nach passenden Worten und erwiderte dann: „Ich glaube, Seemann, dass das, was du suchst und das, was auch ich suche – der Schatz der Erkenntnis – keine Truhe ist, die man irgendwo finden kann, sondern ein Weg. Ein Weg durch die Zeit, auf dem man immer wieder Teile dieses Schatzes entdecken kann. Und ich denke, dass du diesen Weg gehst, genauso wie ich. Auch, wenn du dir darüber bisher vielleicht nicht im Klaren warst. Dies ist mein Eindruck und einer meiner Gründe, dich zu begleiten."

Was für eine Resonanz! Das hatte der Seemann·in·der·Zeit nicht erwartet. Seine Freundin schenkte ihm das Gefühl, dass die Elemente des Lebens richtig waren, so wie sie waren und doch gleichzeitig bewegt werden sollten und verändert werden konnten. Endlich hatte er eine Antwort erhalten, die ihn befriedigte.

Die beiden Freunde kamen überein, die letzte Nacht des Frühlingsfestes auf den nun zum Teil schon verlassenen Wiesen zu verbringen und am nächsten Morgen zu entscheiden, in welche Richtung sie weiter wandern wollten.

Der Seemann konnte an diesem Abend jedoch nicht einschlafen. Der fast volle Mond schien hell und klar vom nächtlichen Himmel und tauchte das Gesicht seiner neben ihm schlafenden Freundin in ein mildes Licht.

Der Seemann betrachtete sie. Da war ein zaghaftes Gefühl in ihm, welches ihn ahnen ließ, dass Ichbinda ein Teil von ihm wurde. Er dachte über das nach, was sie ihn heute hatte wissen lassen. Wenn es richtig war, konnte es bedeuten, dass die Fragen selbst die Antworten schon enthielten. Und die Art, wie er Ausschau hielt auf seinem Weg, Teile der Erkenntnis zum Vorschein bringen würden. Konnte das eine Lösung sein, für die schwierige Frage, warum er ein Seemann·in·der·Zeit war?

Weil der Seemann den Ozean gerne einmal wiedersehen wollte, begaben sich Ichbinda und ihr Gefährte am nächsten Tag zum Meer.

Sie kamen zu einem Hafen, welcher der Sichere Hafen genannt wurde und bestaunten die vielen schönen Schiffe, die am Kai festgemacht worden waren. Während sie das betriebsame Kommen und Gehen auf den Landestegen beobachteten, unterhielten sich die Beiden darüber, was ihnen an den verschiedenen Schiffen gefiel.

Von einem dieser Schiffe waren sie besonders angetan. Das prächtige, stolze Segelschiff lag abseits der Anlegestellen an einem Steg des Hafens. Der Seemann und Ichbinda gingen hinüber, um das Schiff aus der Nähe zu betrachten. Sie bewunderten dessen außergewöhnlich schöne Form und farbenfrohen Segel.

„Wie heißt dieses Segelschiff", fragte Ichbinda die Hafenarbeiter.

„Das ist das Schiff des Lebens", sagten sie.

„Und warum liegt es hier verlassen vor Anker?", wollte der Seemann·in·der·Zeit wissen. „Ein so schönes Schiff ist doch zum Segeln gebaut!"

Die Hafenarbeiter erklärten ihm, dass niemand mit diesem Schiff zur See fahren wollte, weil es darauf spuken würde.

„Wieso spuken? Was verschreckt denn die Matrosen so sehr, dass sie es nicht wagen, auf diesem wunderschönen Schiff anzuheuern?"

Das konnten ihm die Hafenarbeiter jedoch nicht sagen. Sie wussten nur, dass kein Mensch sich traute, mit diesem Schiff auf das Meer hinaus zu segeln.

Da ergriff ein erfahrener Matrose das Wort und erklärte dem Seemann, dass der Geist der Schwäche auf dem Segelschiff umhergehen würde und die Seeleute dazu brachte, das Schiff wieder in den Sicheren Hafen zurückzubringen.

„Wie schafft dieser Geist das?", fragte der Seemann den Matrosen. „Seeleute sind doch mutig und abenteuerlustig und lernen draußen auf See viele Gefahren zu bestehen."

„Der Geist zeigt den Menschen, wie schwach sie sind", antwortete der erfahrene Matrose. „Plötzlich erkennen sie, dass ein jeder von ihnen im Grunde ganz allein ist – mutterseelenallein. Die Seeleute konnten das nicht ertragen und so haben sie das Schiff hier festgemacht. Hier an Land brauchen sie keine Angst vor dem Geist der Schwäche zu haben, denn er treibt sein Unwesen nur draußen auf See."

Ichbinda hatte aufmerksam zugehört und bat um Erlaubnis, das Segelschiff betreten zu dürfen, weil sie sich ein Bild davon machen wollte, wie es an Bord aussah. Der Seemann begleitete seine Freundin auf das Schiff und gemeinsam schauten sie es sich von innen an. Was sie dort sahen, gefiel ihnen sehr. Die Holzplanken des Decks waren sorgfältig gepflegt worden, die kräftigen Seitenwände befanden sich gleichfalls in einem guten Zustand und das Steuer schien vor kurzer Zeit erneuert worden zu sein. In den Laderäumen fanden sie ausreichend Tuch zum Ausbessern der Segel und Werkzeug zur Bearbeitung von Holz, um nach einem Sturm das Schiff des Lebens wieder seetüchtig machen und vor den Wind drehen zu können.

„Wenn wir lernen, dass Schwäche ein unabänderlicher Bestandteil unseres Wesens ist und gemeinsam versuchen, ausreichend Kraft zu entwickeln, um die Segel immer wieder aufs Neue zu hissen, vielleicht kann der Geist dieses Schiffes uns dann nicht so sehr erschrecken, dass wir in diesen Hafen zurückkehren müssen."

Der Seemann·in·der·Zeit war nicht sicher, ob er verstand, was seine Freundin gerade gemeint hatte. „Denkst du an diese Sache mit dem Stab und den Stäben", fragte er Ichbinda.

„Die Sache mit dem Stab?", erkundigte sie sich.

„Ja", erklärte der Seemann: „Ein Stab allein kann leicht durchgebrochen werden. Aber mehrere Stäbe in einem Bündel können nicht so einfach zerbrochen werden. Zusammen sind sie stärker."

Ichbinda lächelte. „Genau das meine ich", antwortete sie ihrem Gefährten froh.

Doch dann wurde der Ton ihrer Stimme wieder ernst: „Seemann, wollen wir an Bord bleiben und auf das Meer hinaus segeln? Vielleicht finden wir unterwegs noch andere Menschen, die den Mut haben, mit uns zu kommen."

Der Seemann dachte einige Zeit über den Vorschlag seiner Freundin nach. Er ging an die Reling des Schiffes und schaute über das Land.

Dann nahm er schweigend Abschied und rief den Matrosen auf der Hafenmauer zu: „Macht die Leinen los!"

KAPITEL 5

Wie der Seemann das Schiff des Lebens verliert und die „Heiligen Tafeln der Einfachen Wahrheit" findet

Der Seemann·in·der·Zeit und Ichbinda segelten mit dem Schiff des Lebens hinaus auf das Meer. In den ersten Tagen kamen sie nur langsam voran, weil sie erst lernen mussten, wie man die Segel so in den Wind drehte, dass das Schiff volle Fahrt voraus erreichen konnte. In den Nächten setzten sie sich zusammen, redeten über den Geist Schwäche und überlegten, was sie tun könnten, wenn er erscheinen würde.

Der Seemann war guten Mutes: Er hatte Spaß daran, wieder einmal auf dem Meer zu sein und seine Hände Arbeit tun zu lassen, die sie kannten. Und er freute sich darüber, wie schön es war, dies gemeinsam mit Ichbinda zu erleben. Zuversichtlich erklärte er seiner Freundin, dass er dem Geist einfach direkt in die Augen schauen würde, wenn er auftauchen und sich ihm in den Weg stellen sollte.

Die ersten Wochen ihrer Fahrt über das Meer vergingen. Je länger der Seemann und Ichbinda mit dem Schiff unterwegs waren, desto mehr Kenntnisse erwarben sie über die Eigenheiten des Segelns. Und um so sicherer sie im Umgang mit dem Segelschiff wurden, desto gelassener sahen sie einem möglichen

Erscheinen des Geistes entgegen. Ihre Gespräche begannen darum zu kreisen, welche Reiseziele sie ansteuern sollten. Solange sich die beiden Freunde jedoch nicht entscheiden konnten, kreuzten sie einfach vor dem Wind über das weite Meer.

Was die beiden Freunde nicht wissen konnten, war, dass ihr Wille, sich dem Geist der Schwäche zuzuwenden und ihm direkt in die Augen zu schauen, ihn dieses Mal davon abhielt, auf dem Schiff des Lebens zu erscheinen. Denn das war das einzige Mittel, sich seiner furchterregenden Macht zu erwehren und die einzige Möglichkeit, nicht von ihm gezwungen zu werden, in den Sicheren Hafen zurück zu kehren.

Eines Mittags, als die Sonne hoch am blauen Himmel stand und wärmend auf die zur See fahrenden Menschen herab schien, entdeckte der Seemann·in·der·Zeit ein anderes Schiff am Horizont. Er rief Ichbinda herbei, und weil sie sich darüber freuten, anderen Menschen auf See zu begegnen, änderten sie ihren Kurs und steuerten auf das fremde Schiff zu.

Als sie sich ihm näherten, entdeckte der Seemann am Mast des Schiffes die Flagge der Aufopfernden Helfer. Das war ein reizvolles Erkennungszeichen und versprach eine anregende Begegnung. Sie beobachteten, wie nun auch der Kapitän des anderen Schiffes seiner Mannschaft den Befehl gab, die Richtung zu ändern.

Bald trennten nur noch wenige Seemeilen die beiden Segelschiffe von einander.

Da wurde die Flagge an dem fremden Mast plötzlich eingeholt und gegen die einschüchternde Fahne mit dem Wappen der Gierigen Piraten ausgetauscht!

Bevor der Seemann und Ichbinda noch entscheiden konnten, wie sie darauf reagieren sollten, waren die gierigen Piraten schon längsseits gekommen und enterten ihr Schiff.

Die ersten Seeräuber sprangen an Deck, schlugen den Seemann nieder und fesselten ihn. Er war so verstört durch den unerwarteten Ablauf der Ereignisse, dass er sich gar nicht wehren konnte.

Erst als er mit ansehen musste, wie andere Seeräuber Ichbinda packten und festhielten, wurde er zornig. Er versuchte seine Fesseln zu lösen – aber es war zu spät: die Piraten ließen ihn nicht mehr los und zwangen ihn auf die Knie.

Der Kapitän der Seeräuber kam an Bord und schaute sich neidisch auf dem Schiff des Lebens um. Mit dem verächtlichen Grinsen eines Menschen, der meint, dass er immer bekommt, was er will, ging er auf den Seemann zu.

Er stellte sich vor ihn hin, stemmte seine Arme in die Hüften und erklärte dann lautstark: „Was für ein wunderschönes Schiff, das gefällt mir. Es ist kaum gebraucht. Damit kann man tolle Reisen unternehmen. Es ist bestimmt sehr schnell und wendig, nicht wahr?"

Der Seemann antwortete nicht auf diese herausfordernde Frage und wartete weiter ab, was nun geschehen würde.

Der Kapitän lachte über das Verhalten seines Gefangenen, weil er dachte, dass er ihm genügend Furcht eingejagt hätte. Er drehte sich herum und rief seiner Mannschaft zu: „Das will ich haben! Von jetzt an gehört dieses Schiff uns. Die Ladung teilen wir wie immer auf."

Als der Kapitän der gierigen Piraten die letzten Worte gesprochen hatte, sah er zu Ichbinda hinüber und maß sie mit den Augen. Er stellte sich vor, was er mit ihr tun würde und befahl seinen Leuten dann in beiläufigem Ton: „Werft ihn über Bord."

Der Seemann·in·der·Zeit konnte nicht begreifen, was geschah und fühlte sich wie in einem Alptraum, aus dem er erst erwachte, als er das eiskalte Wasser des Meeres um sich herum spürte.

Hilflos treibend sah er, wie die Seeräuber auf seinem Schiff die Segel setzten, ihr altes Schiff ins Schlepptau nahmen und mit Ichbinda fortsegelten.

Was sollte nun geschehen?

Was konnte er jetzt tun?

Erleichtert bemerkte der Seemann, dass das Wasser seine Fesseln aufweichte und sie sich so weit lockerten, dass er sie lösen konnte. Der Natur gehorchend begann er zu schwimmen und versuchte zu vergessen, dass er sich mitten im Meer, weitab von rettendem Ufer befand. Die vergangenen Wochen hatten ihm viel Kraft gegeben und so kämpfte er erfolgreich gegen die hohen Wellen an.

Er schaffte es, eine weite Strecke hinter sich zu bringen und dem Schiff des Lebens zu folgen. Aber nach einer Weile spürte der Seemann doch, wie seine Kräfte ihn langsam verließen. Ihm wurde klar, dass er begann um sein Leben zu schwimmen, als sich plötzlich eine neue Einsicht in sein Bewusstsein drängte:

Ein Seemann·in·der·Zeit zu sein, bedeutete, ein Teil der Zeit zu sein! Eine beschränkte Anzahl irdischer Tage unter den Lebenden zu weilen und genau die Strecke durch die Zeit zu gehen, die ihm zukam. Einen Lebensweg zu gehen, der einen Anfang genommen hatte und ein Ende nehmen würde. Jetzt oder später, aber mit Gewissheit eines kommenden Tages. Und an dem schmerzlichen Ende dieser Zeitspanne, die ihn von Allem trennen würde, was er gekannt und geliebt hatte, konnte er absolut nichts ändern!

Während er erschöpft immer weiter schwamm, erkannte er, dass er an der Zeit, die ihm auf Erden noch gegeben war, festhalten und sie nutzen wollte.

Der Seemann musste am Leben bleiben, um Ichbinda zu retten! Wenn ihn seine Kräfte ganz verließen oder wenn er aufgab, würde keiner sie aus den Händen der gierigen Piraten befreien können, weil niemand wusste, was geschehen war!

Er dachte nicht mehr an die endlos erscheinende Strecke, die noch vor ihm lag, sondern bemühte sich, seine Aufmerksamkeit auf jede einzelne Bewegung zu richten, die nötig war, um die Entfernung zum Schiff zu verringern.

Mit jedem Atemzug ließ er ein „Ich will! Ich will!" seinen Körper durchströmen und das stärkte ihn.

Der Seemann gab sein Letztes und kämpfte weiter gegen die hohen Wellen. Doch er konnte nicht verhindern, dass er mehr und mehr Wasser schluckte und langsam ertrank.

Er wollte sich nicht damit abfinden, dass dies das Ende sein sollte. Verzweifelt versuchte er, die Vorzeichen nicht zu beachten.

Da verlor der Seemann plötzlich das Bewusstsein und wurde ohnmächtig. Regungslos begann er langsam auf den Grund des Meeres zu sinken. Im Wasser konnte er nicht atmen und der Tod schien nahe.

Doch sein Ende war noch nicht gekommen.

Als der Seemann·in·der·Zeit wieder zu sich kam, schwebte er über das Wasser: er lag auf dem Rücken eines Delphins, der ihn geschickt durch die Wellen des Meeres trug!

Zu erschöpft, um zu begreifen, was ihm widerfuhr, ließ er geschehen, was der unerwartete Lebensretter zu tun vorhatte.

Der gutmütige Delphin trug ihn über das Meer und brachte den Seemann an Land, legte ihn dort am Strand nieder und blieb bei ihm, bis er sich soweit erholt hatte, dass er wieder sprechen konnte.

Stockend erzählte der Seemann·in·der·Zeit dem Delphin, warum er mutterseelenallein im Meer herum geschwommen war.

Der Delphin kannte die gierigen Piraten und stimmte dem Seemann zu, dass sie gefährliche und unberechenbare Menschen waren. Er selbst achtete darauf, nicht vor den Bug ihres Schiffes zu kommen und schwamm lieber einen Umweg, als in die Gefahr zu geraten, von ihnen gefangen und getötet zu werden.

Der Seemann wollte wissen, ob die Seeräuber einen Heimathafen hatten, an dem er sie erwarten könnte, um seine Freundin zu befreien.

Der Delphin verneinte, wusste allerdings, dass der Kapitän der gierigen Piraten mit seinem Schiff nur in einem bestimmten Seegebiet umher segelte, weil er dort überall reiche Beute fand. Dann fragte der Delphin den Seemann, was er nun tun wollte.

Dieser antwortete ihm mit großem Zorn in der Stimme, dass er schon herausfinden würde, wo er den Kapitän treffen konnte und, nachdem er ihn gezwungen hätte, Ichbinda freizulassen, die gierigen Piraten töten würde.

Im Beisein des Delphins schwor er böse Rache zu nehmen, für das, was der Kapitän seiner Freundin und ihm angetan hatte!

Als der Delphin merkte, dass er den Seemann nicht davon würde überzeugen können, von seinem gefährlichen, rachedurstigen Vorhaben abzulassen, wollte er ihn nicht länger begleiten. Er verabschiedete sich von dem Seemann in der Hoffnung, dass dieser erkennen würde, warum er sich selber in einen gierigen Seeräuber verwandelte, wenn er seiner Sehnsucht nach Rache nachgeben würde.

Erfüllt von dem Verlangen, wieder mit Ichbinda zusammen sein zu können, machte sich der Seemann·in·der·Zeit auf die Suche nach den Piraten. Alle Menschen, die er traf, fragte er, ob sie etwas gehört oder gesehen hatten, das ihm weiterhelfen konnte. Er nahm sich ein Boot und ruderte damit von einem Hafen zum nächsten, um eine Spur vom

Schiff des Lebens ausfindig zu machen. Jeder Ort, den er verließ, ohne einen Hinweis erhalten zu haben, vergrößerte seinen Zorn und vertiefte seine Sehnsucht nach Ichbinda.

Unbeirrbar in der Überzeugung, irgendwann die Flagge mit dem Wappen der Gierigen Piraten am Horizont zu entdecken, spürte er keine Erleichterung, als er endlich erfuhr, wo sie durch ihr Auftauchen zuletzt Schrecken verbreitet hatten. Seitdem er die Piraten verfolgte, hatte er sich jeden Tag vorgestellt, wie er den Kapitän dafür bestrafen würde, dass er Ichbinda gefangen genommen und ihnen das Schiff des Lebens weggenommen hatte. Und nun, da er wusste, wo er ihn finden würde, schob er die wenigen Bedenken beiseite, die ihn noch von seinem Vorhaben hätten abbringen können, den Kapitän zu töten.

Die Zeit, die er benötigte, um die Bucht zu erreichen, wo die gierigen Piraten vor Anker gegangen waren, wurde ihm sehr lang.

Als er schließlich ihr Schiff entdeckte, wehte am Mast nicht mehr die Fahne der Aufopfernden Helfer, sondern die der Lebenshungrigen Suchenden. Aber das konnte ihn nicht täuschen. Er erkannte das Schiff des Lebens, obwohl es in den vergangenen Wochen nicht in Ordnung gehalten worden war und ziemlich vernachlässigt aussah.

Der Seemann schlich an Bord, aber das Schiff schien verlassen worden zu sein. Weder an Deck, noch darunter, in den Kajüten der Seeräuber und den Laderäumen, fand er, wonach er suchte.

Angst ergriff den Seemann. Das erste Mal seit ihn der gutmütige Delphin gerettet hatte, befürchtete er, dass Ichbinda vielleicht etwas angetan worden und sie gar nicht mehr am Leben war. Es gab nur noch einen Ort auf dem Schiff, an dem er bisher nicht nachgesehen hatte: in der Kajüte des Kapitäns.

Aufgeregt öffnete er die Tür zu dem Raum, in dem sich der Kapitän der gierigen Piraten eingerichtet hatte. Auch dieser war leer. Seine Freundin war nicht mehr an Bord des Schiffes!

Niedergeschlagen setzte sich der Seemann. „Jetzt gibt es nur noch eine Möglichkeit", überlegte er, „nämlich mich hier an Bord zu verstecken und zu warten, bis die Seeräuber wiederkommen." Er kannte dieses Schiff und wusste, wo man ihn nicht entdecken würde.

Als er aufstand, um aus der Kajüte zu gehen, fiel sein Blick auf ein paar schlichte Holztafeln, die achtlos in eine Ecke geworfen worden waren. Das musste Beute der Piraten sein, dachte der Seemann und beschloss, ein wenig zu verweilen, um sich anzusehen, was sie anderen Menschen weggenommen hatten.

„Die Heiligen Tafeln der Einfachen Wahrheit", stand in schöner rot-grüner Schrift auf der ersten Holztafel geschrieben, die der Seemann zur Hand nahm. Diese Worte übten eine besänftigende Faszination auf ihn aus und so griff er nach der zweiten Tafel und begann zu lesen:

„Beginnt man mit der Suche nach Wahrheit, so beschleicht einen das Ge-

fühl, dass Wahrheit wie ein Schatten ist,
der sich der Hand entzieht, die nach ihm
greift. Verfolgt man diesen Schatten,
dann öffnet er einem Türen zu Räumen,
von denen ein jeder größer und unüber-
schaubarer zu sein scheint, als der vor-
hergehende.

Um so verzweifelter man nun versucht,
sich in diesen Räumen zurecht zu finden, um die Wahrheit zu entdecken, desto tiefer wird der Eindruck, das Wahrheit etwas ist, das sich mit der Suche
ausdehnt und größer wird. So wie ein
Schwamm, der - erst einmal ins Wasser
gelegt - anfängt, das kostbare Nass auf-
zusaugen. Oder sogar wie ein dunkler
Teich, der um so tiefer und größer wird,
je länger die Hand eines Suchenden versucht, in ihm nach etwas zu greifen, das
man nicht sehen kann.

Könnte es sein, dass die Wahrheit ist,
wie der Schwamm selbst oder eine
Hand? Dass sie einfach da ist?"

Der Seemann legte die zweite Tafel vorsichtig
nieder. Er hatte vergessen, wo er sich befand und
warum er hierher gekommen war. In Gedanken versunken nahm er die nächste Tafel und las weiter.

„Wahrheit war zu Beginn der Zeit eben-
so da und sah genauso aus und konnte
in gleicher Weise gelebt werden, wie in
der Jetzt-Zeit. Sie entstand lange bevor

die Menschen aufwachten und heran-
wuchsen und lautet:

– Liebe das Leben und lebe es. –"

Der Seemann konnte seinen Blick nicht von diesem Satz lösen. Mit den Fingern berührte er das
kunstvoll geschnitzte Holz und zog sanft die Linien
der Worte nach, welche so einfach klangen, aber
nach denen zu handeln doch so schwer war. Er
schaute auf den Boden. Dort lag noch eine letzte
Tafel:

> „Die Art und Weise, wie man die Wahr-
> heit sucht und nach ihr fragt, mag sich
> mit der Zeit verändern. Aus einem ur-
> sprünglichen und vertrauensvollen Le-
> bensgefühl, welches die Wahrheit ein-
> fach nur lebt, wird mit dem Fortschrei-
> ten der Zeit und zunehmender Veründe-
> rung der Welt eine zweifelnde Suche
> und prüfendes Hinterfragen des Seins.
> Aber wenn man lange genug fragt, kann
> es sein, dass man auf einem Umweg zu-
> rück kommt zu der Einfachen Wahrheit.
> Nun jedoch mit einem erkennenden und
> zuversichtlichen Gefühl der Erfahrung."

Laute Schritte über ihm zwangen den Seemann·
in·der·Zeit wieder in diese Welt zurück zu kehren
und seine Umgebung wahr zu nehmen. Die gierigen
Piraten waren zurückgekommen und dem Lärm, den
sie verursachten, konnte er entnehmen, dass sie
betrunken waren. Er hörte, wie sie über den Geist
der Schwäche redeten, der sie veranlasst hatte, das

Schiff zu verlassen und sich Mut anzutrinken, um ihm zu begegnen.

Und weil sie den Geist nicht mehr an Bord entdecken konnten, beglückwünschten sie sich gegenseitig. Sie öffneten eine neue Flasche Rum und begannen ihren vermeintlichen Erfolg zu feiern.

„Das ist der richtige Moment", entschied der Seemann, „weil sie betrunken sind, werde ich sie leichter überwältigen können." Er wählte einen Säbel von den vielen Waffen, die der Kapitän in seiner Kajüte hatte und stürmte an Deck.

Die Überraschung gelang ihm. Er stürzte sich auf den Kapitän der Piraten, setzte ihm seinen eigenen Säbel an den Hals und rief den anderen Seeräubern zu, dass er ihren Kapitän töten würde, wenn sie das Schiff nicht sofort verlassen würden.

Betäubt vom Rum und verwirrt vom Kampf mit dem Geist der Schwäche sprangen einige sogleich über Bord. Die übrigen kletterten in eines der Rettungsboote und ruderten davon, nachdem der Kapitän ihnen einen entsprechenden Befehl erteilt hatte.

Diesmal zwang der Seemann·in·der·Zeit den Kapitän der Piraten auf die Knie. „Wo ist Ichbinda? Was hast du ihr angetan?", forderte er wütend Antwort.

„Sie hat sich selbst befreit, als wir auf Schatzsuche die Insel der Einfachen Wahrheit durchstreiften," gab der Kapitän sofort zu.

Der Seemann sah, dass sein Gefangener Angst hatte und glaubte ihm, was er sagte. Jetzt war der Moment gekommen, den er herbeigesehnt hatte!

Er ging daran, sich seinen Wunsch nach Rache zu erfüllen und hob den Säbel, um den Kapitän der gierigen Piraten zu töten.

Doch da durchfuhr ihn wie ein Blitz, was er in den Heiligen Tafeln der Einfachen Wahrheit gelesen hatte.

Er konnte den Kapitän nicht ermorden, denn er erkannte plötzlich: Das Leben zu lieben, bedeutete, nicht nur sein eigenes Leben zu lieben, sondern das aller Menschen. Und das erlaubte ihm zwar, wütend sein Recht zu fordern, es ließ jedoch keine Zerstörung zu. Das war ein Widerspruch, den der Seemann nun fühlen konnte. Er zögerte, blickte auf den vor ihm knienden, verängstigten Kapitän und traf dann eine Entscheidung: der Seemann ließ den Kapitän gehen.

Anschließend bereitete er eines der übriggebliebenen Rettungsboote auf eine Fahrt zur Insel der Einfachen Wahrheit vor, holte die Heiligen Tafeln und verstaute sie sorgfältig. Dann ließ er das Boot zu Wasser, setzte sich an die Ruder und machte sich auf den Weg zu Ichbinda.

Die Menschen auf der Insel der Einfachen Wahrheit begrüßten den Seemann·in·der·Zeit freundlich und reichten ihm die Hände, um ihm aus seinem Boot zu helfen. Als er sein Gastgeschenk überreichte und ihnen ihren heiligen Schatz zurückgab, nahmen sie ihn in die Gemeinschaft auf, wie einen der Ihrigen.

Sie führten ihn zu seiner Freundin, die von den Menschen der Insel versteckt worden war, nachdem sie sich aus der Gewalt der Seeräuber hatte befreien können. Diese Wochen waren nicht spurlos an ihr vorübergegangen und sie war noch immer sehr schwach.

Der Seemann setzte sich zu seiner Freundin, bewachte ihren Schlaf und spürte, wie er sich bei ihrem Anblick von den verletzenden Erfahrungen und dem Zorn der hinter ihm liegenden Zeit freimachen konnte.

Als Ichbinda erwachte, war sie glücklich und erleichtert, ihren Gefährten nach so langer Zeit endlich wieder in die Arme schließen zu können.

Er erzählte ihr, wie er sie gefunden hatte und was er auf der Suche nach ihr erlebt hatte. Noch immer fühlte er sich wie ohne Halt, schwankend zwischen zwei Welten: Einer, in der er geleitet von Zorn und Unversöhnlichkeit, Schuld auf sich geladen hätte. Und der anderen Welt, welche die Heiligen Tafeln der Einfachen Wahrheit ihm zugänglich gemacht hatten und in der er eine bedeutungsvolle Erfahrung machen konnte.

Es wurde Abend und durch das Fenster der Hütte sah Ichbinda die Sonne über dem Horizont des Meeres. Sie bat den Seemann ihr dabei zu helfen, nach draußen an den Strand zu gehen, um sich an den letzten Kraft spendenden Sonnenstrahlen des Tages zu erfreuen.

Schweigend saßen sie im warmen Sand des Strandes nebeneinander und betrachteten den Sonnenuntergang. Ein jeder von ihnen damit beschäftigt, den glücklichen Ausgang ihrer Reise mit dem

Schiff des Lebens zu ergründen.

Als die Sonne hinter dem Horizont verschwunden war, stellte Ichbinda fest: „Du liebst die Menschen!". Ihr Gefährte blickte sie zweifelnd an. „Nein", antwortete der Seemann ausweichend, „ich wollte die gierigen Piraten töten. Nur die Entdeckung der Heiligen Tafeln hat mich davon abgehalten."

„Ist das nicht ein Zeichen dafür, dass du die Menschen liebst?"

„Ich weiß nicht. Was ist Liebe, Ichbinda? Man kann sie nicht anfassen. Es ist nichts aus dieser Welt, sie kommt aus der Traumwelt."

„Das ist richtig, Liebe ist keine Sache", stimmte sie dem Seemann lächelnd zu, „aber man kann doch beschreiben, wie sie sich in dieser Welt zeigt." Sie war ausdauernd und stellte ihm eine neue Frage: „Vertraust du mir?"

„Ja", antwortete ihr Gefährte ehrlich.

„Dann schau mir in die Augen und sage, dass es in dieser Welt keine Liebe gibt", forderte Ichbinda ihren Gefährten auf.

Der Seemann·in·der·Zeit sah nachdenklich über das Meer und überlegte, ob er ihrer Aufforderung Folge leisten konnte.

Nach einer Weile schüttelte er den Kopf und antwortete: „Das kann ich nicht. Denn ich liebe *dich*."

KAPITEL 6

Der Seemann·in·der·Zeit will sich opfern

Die Insel der Einfachen Wahrheit war nicht groß, aber die auf ihr lebenden Menschen fanden ausreichend Platz, um ihre Felder zu bestellen und geschützte Stellen, an denen sie ihre Hütten errichten konnten. Sie sammelten Beeren und andere wild wachsenden Früchte, und was sie sonst noch zum Leben brauchten, gab ihnen das Meer: die Fische, die sie fingen und gelegentlich an den Strand gespülte Gegenstände, die sie sich zunutze machen konnten.

Ihr Wissen um die Gesetze der Natur, die Demut vor der Unergründlichkeit des Schicksals und ihre Achtung der Bedürfnisse der einzelnen Mitglieder der Gemeinschaft ließen sie in einer Geborgenheit leben, in der sie sich wohl fühlten. Die Menschen der Insel bewahrten ihren Schatz, die „Heiligen Tafeln der Einfachen Wahrheit", indem sie nach ihnen lebten und das Leben liebten.

Der Seemann·in·der·Zeit und Ichbinda spürten die Harmonie, welche diese Menschen umgab und entschlossen sich zu bleiben. Viele ihrer Überzeugungen fanden sie in der Lebensweise der Gemeinschaft wieder und wollten herausfinden, ob diese Insel auch ihr Zuhause werden konnte.

Von der Insel der Einfachen Wahrheit aus konnte man in wenigen Tagen die Küste des Festlands erreichen, aber es segelten nur selten Schiffe auf diesem Kurs. Die Menschen der Insel hatten kaum Umgang mit den Leuten vom Kontinent, weil sie sich in ihrer Lebensart sehr voneinander unterschieden.

Die Weite des Festlands bot viel Raum, um sich auszubreiten und die Leute konnten ihre Dörfer aufbauen, wo immer sie wollten. Sie waren nicht darauf angewiesen, sich mit dem zufrieden zu geben, was sie in ihrer Umgebung an nutzbaren Pflanzen und essbaren Früchten vorfanden. Stattdessen versuchten sie, sich die Natur untertan zu machen. Sie fällten Bäume, um ihre Felder anzulegen, ohne darauf zu achten, welche Ordnung dem Wachsen der Wälder zugrunde lag und trieben Raubbau am Boden des Landes, ohne ihm etwas zurück zu geben, für das, was sie ihm nahmen. Einige der Leute jagten die Tiere, nur weil es ihnen Vergnügen bereitete. Andere töteten die Tiere, um ihr Fell gewinnbringend gegen alle möglichen Güter einzutauschen. Auf diese Art und Weise entzogen sich die Leute vom Festland im Laufe der Zeit die Lebensgrundlage, welche ihnen lange das gegeben hatte, was sie haben wollten.

Das entdeckten die Leute vom Kontinent allerdings erst, als sie nicht mehr genug zu essen hatten und die ersten von ihnen verhungerten, weil das Getreide auf den Feldern nicht mehr wachsen konnte und viele Tierarten ausgestorben waren.

Als der König des Landes die Häuptlinge rief, um sich von ihnen beraten zu lassen, was man gegen die Hungersnot unternehmen könnte, entstand ein großer Streit. Jeder Häuptling hatte Sorge, dass er dem Herrscher von den Gütern und Vorräten seines Stammes mehr abgeben sollte, als die anderen Häuptlinge. Gleichzeitig wollte sich ein jeder aber auch durch seine Großzügigkeit hervortun, weil er fürchtete in Ungnade zu fallen, wenn die Wünsche des Herrschers nicht erfüllt wurden.

Bald sah sich der König der Leute vom Festland gezwungen, ein Machtwort zu sprechen. Er erinnerte seine Untertanen daran, dass das Problem, welches sie zu lösen zusammen gekommen waren, alle betraf und es nicht nur um die Befriedigung seiner Ansprüche ging. Wenn jeder Häuptling nur an sich und seinen Stamm dachte und alle so weitermachten wie bisher, würden schließlich noch mehr Leute verhungern.

Da meldete sich der Medizinmann zu Wort. Er wusste, dass es sehr viel Mühe kosten würde, die Lebensweise der Stämme zu verändern und hatte während des Streits der Häuptlinge eine phantastische Eingebung gehabt. Und zwar von einem viel leichteren Weg, zu bekommen, was alle wollten. „Lasst uns die Menschen von der Insel der Einfachen Wahrheit überfallen", verkündete er. „Wir werden uns von ihnen holen, was wir brauchen!".

Dieser Vorschlag fand natürlich schnell allgemeine Zustimmung. Und so versammelten die Häuptlinge ihre Krieger, gaben ihnen Armbrüste und Flinten, rüsteten das größte Schiff des Königs mit Kanonen aus und luden es bis unter das Deck voll mit Munition. Dann schmiedeten sie einen Schlachtplan.

Aber bevor sie in See stachen, kamen der Herrscher, die Häuptlinge und ihre Krieger auf dem Festplatz der Hauptstadt zusammen, um sich gegenseitig Mut zuzusprechen. Der Medizinmann tanzte für die Götter des Kampfes und bat sie um einen Sieg für den Krieg, in den sie zogen.

Der Überfall auf die Menschen der Insel der Einfachen Wahrheit war müheloser, als die Häuptlinge es erwartet hatten. Denn als die Leute vom Festland die Insel besetzten, stießen sie auf keinerlei Widerstand.

Die Bewohner der Insel waren zuvor nur sehr selten mit der Habgier anderer Menschen konfrontiert worden und hatten daher auch keine Waffen, um sich zu verteidigen. Außerdem konnten sie sich nicht wehren, um ihr Hab und Gut zu schützen – ganz einfach deshalb, weil es gegen ihre Heilige Wahrheit verstieß.

Der Seemann·in·der·Zeit und Ichbinda bemerkten von dem Geschehen zunächst nichts. Während die Leute vom Festland die Insel überfielen, waren sie unterwegs, um ihre neue Heimat zu erkunden.

Sie wanderten zu dem Ende der Insel, das dem offenen Meer zugewandt war, unterhielten sich und sammelten Beeren. Erst bei ihrer Rückkehr in das Dorf entdeckten sie, dass etwas Ungewöhnliches geschehen war: Die Einwohner saßen dicht beieinander, zusammen gedrängt in der Mitte des Dorfplatzes, umringt von den Eroberern. Deren König war gerade damit beschäftigt, den Menschen der Insel mitzuteilen, was er von ihnen haben wollte.

Anfangs konnten der Seemann und Ichbinda nicht verstehen, was auf dem Platz eigentlich vor sich ging. Aber als der Seemann·in·der·Zeit begriff, dass hier ein Unrecht geschah, konnte er sich nicht zurückhalten. Ohne darauf zu achten, in welche Gefahr er sich begab, trat er zwischen den Hütten hervor auf den Dorfplatz und ging auf den Herrscher zu.

„Was tut ihr hier!", rief er erregt. „Warum wollt ihr diesen Menschen ihren Besitz wegnehmen? Dazu habt ihr kein Recht!"

Der König der Leute vom Festland betrachtete den Seemann verwundert, überrascht darüber, dass es auf der Insel doch jemanden gab, der es wagte, ihm entgegen zu treten. Und weil er wusste, dass er mit den Kriegern seiner Häuptlinge die Macht auf seiner Seite hatte, erwiderte er hartherzig und herablassend: „Das Recht, von dem du da sprichst, kennen wir nicht."

Auch der Seemann·in·der·Zeit sah, dass er der Gewalt dieses Herrschers nichts anderes entgegen setzen konnte, als den Mut, freiheraus seine Überzeugung zu vertreten. „Was habt ihr davon, wenn ihr die Menschen ihrer Ernte beraubt und ihnen wegnehmt, was sie zum Leben brauchen? Ihr nehmt eure Beute mit nach Hause, aber werdet nicht lange davon zehren, bis ihr merkt, dass sie gar nicht ausreicht, um eure Habgier anhaltend zu befriedigen. Und was tut ihr dann? Begebt ihr euch erneut auf einen Raubzug und segelt zu einer anderen Insel? Irgendwann gibt es keine Insel mehr, von der ihr euch holen könnt, was ihr wollt!"

Nachdem der Seemann seine Rede beendet hatte, kamen die Häuptlinge zusammen und flüsterten miteinander. Dann traten sie vor ihren Herrscher und einer von ihnen sagte: „König, der Seemann hat recht!"

Der Häuptling machte eine Pause und schaute sich um. Er stellte fest, ob alle ihm zuhörten und fuhr fort: „Anstatt den Menschen von der Insel jetzt alles wegzunehmen, unser Schiff voll zu laden und wieder nach Hause zu segeln, wäre es doch viel schlauer, wenn wir sie zwingen, für uns zu arbeiten! Ein Häuptling und ein paar Krieger bleiben hier, besetzen die Insel und sorgen dafür, dass die Menschen hart arbeiten. Und wenn wir dann regelmäßig ein Schiff hierher schicken, kümmern sich unsere Leute darum, dass all das, was wir haben wollen, von den Inselmenschen zusammen getragen und verladen wird. Wir lassen ihnen jetzt das Nötigste, was sie zum Leben brauchen, machen sie zu unseren Sklaven und können sie so länger ausbeuten."

Der König der Leute vom Festland war von diesem Vorschlag begeistert. Ohne zu zögern, gab er die erforderlichen Anweisungen für eine dauernde Besetzung der Insel und ging zurück auf sein Schiff.

Entsetzt, über das, was er mit seiner Rede ausgelöst hatte, sah der Seemann·in·der·Zeit zu, wie die Eroberer den Dorfplatz räumten, um die Befehle ihres Herrschers auszuführen. Fassungslos schaute er auf die Menschen der Insel, die sich langsam schweigend erhoben.

„Warum wehrt ihr euch denn nicht?", schrie er sie

verzweifelt an. „Warum lasst ihr euch so grausam behandeln? Warum lasst ihr zu, dass sie euch euer Selbstbestimmungsrecht nehmen?"

„Welches Recht?", fragte Einer der Inselgemeinschaft. „Wir leben doch noch", sagte ein Anderer.

„Aber, was ist das für ein Leben, ohne Freiheit, als Sklave? Versucht doch etwas gegen die Leute vom Festland zu unternehmen. Kämpft um eure Selbstbestimmung!"

„Unsere Gebote sind in den Heiligen Tafeln der Einfachen Wahrheit niedergeschrieben. Und das Leben anderer Menschen zu bedrohen, verstößt gegen diese Gebote", erklärte ein Dritter dem Seemann und ergänzte: „Wir werden lernen, mit den neuen Verhältnissen zu recht zu kommen."

Der Seemann war sprachlos. Er konnte nicht begreifen, dass die Menschen der Insel sich diese schreckliche Behandlung gefallen ließen.

Da kam Ichbinda zu ihm, nahm seine Hand und sagte: „Komm, lass uns an den Strand gehen, wo wir in Ruhe miteinander reden können."

Schweigend ließ sich der Seemann·in·der·Zeit von seiner Freundin an eine abgelegene Stelle des Strandes führen. Er machte sich furchtbare Vorwürfe und fing an zu weinen. Ohne es zu wollen, hatte er die Häuptlinge vom Festland auf die Idee gebracht, die Menschen der Insel, die Gemeinschaft, in der Ichbinda und er leben wollten, für immer auszubeuten.

„Gibst du dir etwa die Schuld für das, was geschehen ist?", fragte Ichbinda ihren Gefährten erstaunt.

Der Seemann konnte nicht antworten und nickte nur bekümmert mit dem Kopf.

„Du weißt aber schon, dass du der Einzige bist, der Dich für verantwortlich hält?", erkundigte sich seine Freundin.

Er schaute auf und sah über den Strand. Dort lagen vom Meer heran geschwemmte Bretter und Stricke von gekenterten Schiffen. „Ist das so?", sagte er, mehr zu sich selbst, als zu Ichbinda. „Aber es ändert nichts daran, dass es ohne mein Eingreifen nicht so schlimm gekommen wäre."

„Das weißt du doch gar nicht. Und außerdem hast du es in bester Absicht und aus Liebe zu den Menschen der Insel getan", versuchte seine Freundin ihn zu überzeugen.

Der Seemann schüttelte heftig mit dem Kopf. „Das ändert nichts! Warum sind die Leute vom Festland gerade jetzt hierher gekommen?", klagte er. „Wir waren voller Freude darüber, dass wir diese Insel entdeckt haben. Die Menschen hier und ihr Glaube an die Einfache Wahrheit haben es uns angetan und wir hatten den Entschluss gefasst, zu bleiben."

„Ja", unterbrach Ichbinda den Seemann, „und auch deshalb war es richtig, dass du versucht hast, die Leute vom Festland davon abzuhalten, die Insel zu berauben. Und dich für die Freiheit der Menschen hier eingesetzt hast!"

Der Seemann·in·der·Zeit beruhigte sich etwas und nahm seine Freundin bei der Hand. „Du weißt, was es bedeutet, in Gefangenschaft zu leben", bemerkte er leise.

„Ja", antwortete Ichbinda und dachte traurig an die Tage, die sie auf dem Schiff des Lebens mit den gierigen Piraten verbringen musste. Dann fuhr sie fort: „Ich weiß nicht, was wir jetzt unternehmen sollen. Auch ich möchte keinem Menschen Schaden zufügen, aber in Unterdrückung leben, kann ich ebensowenig. Vielleicht sollten wir von der Insel der Einfachen Wahrheit flüchten."

Das war eine Möglichkeit, die Ichbinda in Betracht zog, doch der Seemann wollte nicht aufgeben. Er blickte wieder zu den zerborstenen Brettern und zerrissenen Stricken auf dem Strand vor ihm und dachte nach.

Da entdeckte er in einiger Entfernung einen anderen Menschen und erkannte in ihm den Medizinmann der Leute vom Festland, der während der Auseinandersetzung auf dem Dorfplatz hinter dem König gestanden und das Geschehen schweigend verfolgt hatte.

Plötzlich, ohne zu überlegen, was er tat und nur einem wütenden Impuls folgend, sprang der Seemann auf, rannte über den Strand, griff nach einem herumliegenden Strick und lief weiter auf den Medizinmann zu. Er schlug den überraschten Mann nieder, fesselte ihn und schleppte ihn zu Ichbinda.

„Warum?", schrie der Seemann·in·der·Zeit den Medizinmann an. „Warum beraubt ihr die Menschen und nehmt ihnen die Freiheit, so zu leben, wie sie es möchten? Warum zwingt ihr sie, für euch zu arbeiten? Lasst sie wieder frei und fahrt dahin zurück, wo ihr hergekommen seid!"

Der Medizinmann ließ sich durch die Wut des Seemanns nicht einschüchtern. Selbstsicher fragte er ihn: „Was bedeutet dieses Wort - Freiheit - für dich? Und was bedeutet es den Menschen hier?"

Verblüfft über die Entgegnung des Medizinmannes wiederholte der Seemann die ihm gestellte Frage: „Was dieses Wort bedeutet?" Er wusste nicht, wie er erklären sollte, was Freiheit wirklich bedeutete, aber er wusste, wie sie sich offenbarte und erkannte, wann sie geraubt wurde. „Dieses Wort bedeutet, selbst über sein Leben bestimmen zu können. So, wie ihr selbst bestimmt habt, hierher zu kommen und das zu tun, was ihr wolltet. Nur, dass das, was ihr euch die Freiheit nehmt, den Menschen anzutun, nicht recht ist."

Der Medizinmann überlegte. „Du kritisierst, dass wir unsere Lebensart für wichtiger halten, als das Leben nach der Einfachen Wahrheit? Du wirfst uns vor, dass wir der Meinung sind, dass unsere Weise die einzige ist, die zählt und wir mit Gewalt dafür sorgen, dass sich die anderen uns unterordnen müssen? Aber dieses Verhalten lässt uns Dinge entdecken, welche die Menschen der Insel nicht entdecken können, nicht entdecken wollen. Sie wären nicht zum Festland gekommen, weil sie der Meinung sind, dass sie alles haben, was sie brauchen."

„Ja, genau", stimmte ihm der Seemann zu. „Und sie kommen auch deshalb nicht zu euch, weil es sie nicht interessiert, wo ihr lebt und wie."

„Die Harmonie, in der die Menschen dieser Insel leben, gefällt dir, nicht wahr?", stellte der Medizinmann fest.

„Ja, das tut sie!", bestätigte er.

„Aber sie beinhaltet einen Verzicht auf Freiheit, Seemann", meinte der Medizinmann.

Der Seemann·in·der·Zeit wusste nichts zu erwidern. Gereizt forderte er: „Ich will, dass ihr die Insel verlasst und die Menschen nicht zu euren Leibeigenen macht."

„Du hast uns doch erst auf diese Idee gebracht", antwortete ihm der Medizinmann und demütigte ihn damit.

Verletzt schwieg der Seemann. Er hatte das Gefühl, dass der Mann vom Festland ihm die Worte im Mund verdrehte und wusste, wie er seine Schuldgefühle ausnutzen konnte.

Da sah der Medizinmann plötzlich eine Möglichkeit, nicht nur sein eigenes Leben zu retten, sondern darüber hinaus noch mehr Macht über seine Leute zu gewinnen. Wenn dank seines Einflusses den Göttern ein Menschen-Opfer dargebracht werden könnte, würde das sein Ansehen erheblich steigern.

„Seemann, ich mache dir ein Angebot. Wenn du dich den Göttern der Einheit opferst, werde ich meine Leute davon überzeugen können, die Menschen freizulassen und die Insel wieder zu verlassen."

Der Seemann nahm sich den Vorschlag zu Herzen und spürte die Hoffnung, seine Schuld wiedergutmachen zu können und zu erreichen, was er wollte.

Da stand Ichbinda auf, nahm dem Medizinmann

die Fesseln ab und sagte nur ein einziges Wort: „Geh!"

Die letzten Worte jedoch hatte der Medizinmann: „Überlege es dir, Seemann."

Der Seemann·in·der·Zeit ging zurück in das Dorf. Wenn er sich nicht opferte, würden die Menschen der Insel weiter bedroht und unterdrückt werden. Also musste er handeln. Er erzählte der Gemeinschaft von dem Angebot, das ihm gemacht worden war und fragte sie, was sie davon hielten.

„Liebe das Leben und lebe es," zitierte einer der Einwohner aus den Heiligen Tafeln der Einfachen Wahrheit und fügte hinzu: „Wir können dein Leben nicht fordern. Was du tust, musst du allein entscheiden."

„Ihr wollt euch also weder selbst gegen eure Eroberer zur Wehr setzen, noch wollt ihr, dass ich mich für euch einsetze?", fragte er resignierend.

Aber er erhielt keine Antwort, sondern nur bestätigende Blicke. Und so fuhr er fort: „Ich verstehe, dass die Einfache Wahrheit eure Zuflucht ist. Aber ist sie euch so wichtig, dass ihr sie nicht einmal dann aufgebt, wenn ihr gezwungen werdet, nach Geboten zu leben, die von Leuten gemacht wurden, die euren Glauben nicht achten?"

Enttäuscht verließ der Seemann die Menschen der Insel und ging zum Strand zurück. Er wusste nicht, ob er wütend über das Verhalten der Gemeinschaft sein oder ob er ihre Überzeugung, dass Gewalt nichts einbringt und ihr Festhalten daran, bewundern sollte.

Auf dem Weg zu Ichbinda fasste er seinen Entschluss: er würde sich den Göttern der Einheit opfern, damit zumindest seine Freundin in Frieden und Freiheit auf der Insel der Einfachen Wahrheit leben konnte – so, wie sie es sich vorgestellt hatten, bevor die Krieger vom Festland hierher gekommen waren.

Als er jedoch seiner Freundin erzählte, was er vorhatte und warum, erlebte er das allererste Mal, dass Ichbinda wirklich wütend wurde:

„Ich will nicht, dass du das tust! Ich will nicht, dass du dich für mich opferst! Ich will lieber ein Leben in ständiger Unsicherheit und Bedrohung durch die Leute vom Festland mit dir, als eines in Frieden und Selbstbestimmung auf dieser Insel ohne dich. Und außerdem, was passiert, wenn nach deinem Opfer andere Eroberer kommen?"

Hilflos saß der Seemann·in·der·Zeit seiner Freundin gegenüber. Er spürte keine Erleichterung darüber, dass niemand, für den er sich einsetzen wollte – weder die Menschen der Insel, noch Ichbinda – sein Opfer wünschten. Was er spürte, war Leere und die Unfähigkeit, eine neue Entscheidung zu treffen.

„Lass uns von der Insel flüchten. Lass uns eine eigene Insel der Einfachen Wahrheit aufbauen", schlug Ichbinda vor.

„Ich habe versagt!", antwortete der Seemann traurig. „Wenn wir flüchten, dann lasse ich die Menschen hier in ihrer Bedrängnis zurück, ohne ihnen geholfen zu haben. Und, was es unerträglich macht, ist, dass durch mein Eingreifen alles noch schlimmer

wurde. Wie soll ich jetzt einfach weggehen können?",
fragte er.

Ichbinda gab ihm keine Antwort, sondern sagte
nur: „Warte hier."

Sie holte das Boot, mit dem ihr Gefährte zu der
Insel gekommen war, nahm den Seemann bei der
Hand, führte ihn zu dem Boot und gab ihm eines der
Ruder.

„Es dämmert schon. Bis die Nacht hereinbricht,
können wir noch ein gutes Stück von der Insel weg-
kommen. Morgen früh, wenn die Leute vom Festland
merken, dass wir weg sind, werden sie uns nicht
mehr finden können. Falls sie uns überhaupt suchen
sollten. Vielleicht sind sie ja auch froh, dass wir diesen Ort verlassen haben."

Ichbinda sorgte dafür, dass ihr Gefährte in das
Boot stieg und zu rudern anfing.

Nach einiger Zeit stellte der Seemann erleichtert
fest, wie dankbar er dafür war, dass sie die Kraft
aufgebracht hatte, für sie beide zu handeln. Und je
weiter sie sich von der Insel entfernten, desto mehr
füllte sich seine innere Leere; füllte sich mit traurigen, aber klaren Gedanken und neuen Fragen.

Als sie nicht mehr weiter rudern konnten, weil es
Nacht geworden war, spürte der Seemann, dass sie
das Richtige getan hatten. Auch, wenn er nach wie
vor Angst davor hatte, dass er irgendwann die Folgen für das würde tragen müssen, was er getan oder
eben nicht getan hatte.

Ichbinda warf den kleinen Anker des Bootes ins
Wasser, damit sie in der Nacht nicht von ihrem Kurs

abgetrieben wurden. „Das war ein langer Tag", bemerkte sie, „aber ich bin noch nicht müde."

„Ich auch nicht", sagte ihr Gefährte. „Da ist so vieles, was ich verstehen möchte."

„Vielleicht hilft es dir, wenn du darüber sprichst", ermutigte Ichbinda den Seemann·in·der·Zeit.

„Auf der Insel der Einfachen Wahrheit habe ich gesehen, welche Fähigkeiten die Menschen haben, mit sich und der Natur im Einklang zu leben. Wie wenig sie brauchen, um zufrieden zu sein. Und, was sie einander alles geben können, um sich geborgen zu fühlen. Warum haben die Leute vom Festland diese Fähigkeiten nicht? Oder, wenn sie sie doch haben, warum können sie diese Fähigkeiten nicht nutzen und müssen andere Menschen bedrängen, ihnen zu geben, was sie wollen?"

„Ich habe diese Begabung, von der du sprichst, auch gesehen. Aber vielleicht liegt es nicht in der Natur des Menschen, dass alle Fähigkeiten, die vorhanden sind, auch von jedem Einzelnen genutzt werden können. Die Menschen unterscheiden sich voneinander und jeder versucht, so gut es geht nach seiner eigenen einfachen Wahrheit zu leben."

„Und warum wehren sich die Menschen der Insel nicht gegen die Leute vom Festland und kämpfen für ihre Unabhängigkeit?"

Ichbinda dachte nach. „Vielleicht ist ihnen das Hier und Jetzt nicht so wichtig."

„Was meinst du damit?", hakte der Seemann·in·der·Zeit nach.

Hinter seiner Freundin löste sich eine strahlende

Sternschnuppe aus dem klaren Sternenhimmel und tauchte am Horizont in das dunkle Meer ein.

Beeindruckt von diesem Omen wartete der Seemann schweigend ab, bis Ichbinda erwiderte: „Vielleicht fürchten sie sich vor anderen Dingen, als wir."

KAPITEL 7

Der Seemann·in·der·Zeit und Ichbinda
gehen getrennte Wege

Ichbindas Vermutung bestätigte sich. Die Leute vom Festland, die die Insel der Einfachen Wahrheit gewaltsam erobert hatten, suchten nicht nach dem Boot, mit dem sie geflüchtet waren und so konnten sie ungehindert mit ihrer Suche beginnen. Eine Suche, die das Ziel hatte, eine eigene Insel, ein eigenes Zuhause zu finden.

Der Seemann·in·der·Zeit fragte, wie man das anfangen sollte, selbst eine Insel der Einfachen Wahrheit zu erschaffen. Gemeinsam überlegten sie, was für ein Ort das sein könnte, wie er aussehen sollte und wie sie dort leben wollten. Bald stellten der Seemann und Ichbinda fest, dass sie keine klare Vorstellung davon hatten, was sie eigentlich wollten. Jedenfalls nicht klar genug, um den Ort, nach dem sie suchten, auch zu erkennen, falls sie auf ihrer Wanderschaft zufällig auf ihn stoßen sollten. Und um sich selbst ein eigenes Zuhause aufbauen zu können, benötigten sie erst recht einen genaueren Plan.

Einige Tage auf dem Meer waren vergangen, als der Seemann Land am Horizont entdeckte. Und weil ihre Vorräte langsam zur Neige gingen, beschlossen die beiden Freunde dorthin zu rudern und ihre Fahrt später fortzusetzen.

Die Küste der Erfahrungen, zu der sie gelangt waren, sah nicht sehr einladend aus. Steile Felsklippen erschwerten die Landung und es dauerte eine Weile, bis sie es geschafft hatten, wieder festen Boden unter ihre Füße zu bekommen. Sie vertäuten das Boot und nach einer kurzen Rast sahen sich der Seemann und Ichbinda nach einer Möglichkeit um, ihre Vorräte wieder aufzufüllen. Sie gelangten zu einer Farm und baten den Bauern um Essen und neue Kleider.

Der Mann besaß selbst nicht viel, weil er aber ein guter Mensch war, machte er den beiden Reisenden einen Vorschlag: wenn sie ihm bei der Ernte halfen, würde er sie mit dem Nötigsten versorgen können. Ichbinda und der Seemann waren einverstanden und nahmen das Angebot des Bauern gerne an.

In den folgenden Tagen gingen sie ihm beim Schneiden und Dreschen des Korns zur Hand und halfen ihm dabei, die Ernte einzubringen. Nach getaner Arbeit setzten sich die beiden Freunde zusammen und entwarfen in ihrer Vorstellung ein Bild von ihrer eigenen Insel. Obwohl es ein schöner Entwurf wurde, gefiel er Ichbinda bald nicht mehr.

„Es reicht nicht aus, ein Bild nur in unseren Träumen zu malen. Uns fehlen die richtigen Farben, die es wirklich bunt machen und lebendig werden lassen", sagte sie eines Abends zu ihrem Gefährten. „Wir müssen noch irgend etwas anderes tun, damit unser Wunsch auch in Erfüllung gehen kann. Wir wissen viel zu wenig von den Möglichkeiten, die wir haben, um unser Zuhause zu gestalten. Wir haben noch nicht genug Erfahrung, haben erst so wenige der prächtigen Farben gesehen, die das Leben uns wohl bietet."

„Dann müssen wir eben Lebenserfahrung sammeln gehen, damit wir die ganze Palette kennenlernen und entscheiden können, welche Farbtöne wir für unser Bild mischen wollen", schlug der Seemann·in·der·Zeit vor. „Und das bedeutet, dass wir einfach nur tun, was wir ohnehin vorhatten, nämlich weiter zu wandern."

„Ja, das ist richtig", stimmte Ichbinda nachdenklich zu. „Aber wie?"

„Was meinst du damit: Aber wie?", wollte der Seemann wissen. Er wurde neugierig, weil er bemerkte, dass eine Erkenntnis seine Freundin beschäftigte.

„Wir suchen nach etwas, das uns dabei hilft, unsere eigene Insel der Einfachen Wahrheit zu erschaffen, nicht wahr?"

„Ja, das tun wir", antwortete der Seemann.

Und Ichbinda fuhr fort: „Wenn wir zur gleichen Zeit an verschiedenen Orten suchen, dann sehen wir Unterschiedliches und vor allem mehr, als wenn wir zusammen den gleichen Weg gehen und dieselben Lebenserfahrungen sammeln. Ich denke, dass wir eher auf neue Ideen kommen werden, wenn jeder für sich eine Zeitlang seinen eigenen Weg geht. Wir werden von unserer Wanderung beide etwas mitbringen, das wir jetzt noch nicht kennen. Dinge, die für unser zukünftiges Zuhause wichtig sind. Und später, wenn wir wieder beisammen sind, erzählen wir uns, was wir erlebt und gelernt haben und malen ein neues Bild mit all den Farbtönen, die wir dann mischen können. Was meinst du, Seemann?", fragte Ichbinda ihren Gefährten. „Sollen wir das tun?"

„Du möchtest, dass wir auf getrennten Wegen Lebenserfahrung sammeln gehen", vergewisserte sich der Seemann vorsichtig, „damit wir eine größere Chance haben, zu finden, was wir brauchen, um unser Zuhause nicht nur in unseren Träumen, sondern auch in Wirklichkeit aufzubauen?"

„Das ist mein Wunsch", erwiderte Ichbinda, erleichtert darüber, dass ihr Gefährte verstanden hatte, was sie wollte und warum. Gespannt erwartete sie seine Antwort.

Doch zunächst schwieg der Seemann, er dachte über den Vorschlag seiner Freundin nach. Der Vorteil, auf getrennten Wegen eher einen Schatz an Erfahrungen ansammeln zu können, war ihm nicht so wichtig, wie er für Ichbinda war. Einerseits wollte er ihren Wunsch gern erfüllen, aber andererseits machte ihn schon allein die Vorstellung, ohne seine Freundin weiter zu wandern – und sei es auch nur für eine gewisse Zeit – ziemlich traurig. Ichbinda schien sich dagegen darauf zu freuen, auf diese Weise ihr gemeinsames Ziel zu erreichen. Vielleicht war es tatsächlich der beste Weg, um möglichst bald herauszufinden, was ihnen zum Aufbau ihres eigenen Zuhauses noch fehlte. Und das war ja schließlich der Grund ihrer Reise.

Als die Ernte eingebracht war und die Felder des Bauern nur noch von gelben Stoppeln bedeckt waren, löste dieser sein Versprechen ein und gab den beiden, was sie für ihre weitere Wanderung brauchten.

Ichbinda und der Seemann setzten sich zusammen, vereinbarten eine Zeit und einen Ort für ihr Wiedersehen und nahmen Abschied voneinander. Sie umarmten sich lange und liebevoll und versprachen sich gegenseitig, auf ihrer Reise vorsichtig zu sein und auf sich aufzupassen. Dann trennten sie sich, um in verschiedene Himmelsrichtungen zu gehen.

Ichbinda ging nach Osten, der aufgehenden Sonne entgegen. Der Seemann dagegen wollte sich nach Westen wenden. Schweren Herzens schaute er seiner Freundin eine Zeit lang hinterher. In ein paar Wochen, wenn der nächste Vollmond am Nachthimmel schien, würde er sie hoffentlich wohlbehalten am Boot, das noch an der Küste der Erfahrungen lag, wiedertreffen.

Während ihr Gefährte traurig und besorgt den kommenden Tagen entgegensah, machte sich Ichbinda voll freudiger Erwartung, ja fast schon abenteuerlustig, auf den Weg. Sie war gespannt darauf, was sie erleben würde und worin die erste Erfahrung, die sie sammeln würde, wohl bestand.

Ichbinda brauchte sich nicht lange in Geduld zu üben, denn schon bald kreuzte der Weg, dem sie folgte, eine Handelsstraße. Auf dem Platz, der vor ihr lag, befand sich ein kleiner Markt, auf dem sich die Menschen aus der Umgebung trafen. Sie tauschten an Gütern ein, was sie zu viel hatten oder nicht mehr behalten wollten und kamen natürlich auch, um sich den neuesten Klatsch und Tratsch zu erzählen. Durchreisende Händler brachten Nachrichten aus entfernten Gegenden mit, boten ihre Waren zum Kauf an und luden auf dem Markt zu einer kurzweiligen Pause ein.

Als Ichbinda sich dem Marktplatz näherte, entdeckte sie einen Maler. Ungerührt von all dem geschäftigen Treiben um ihn herum, saß er vertieft in sein Schaffen vor einer Staffelei. Ichbinda interessierte sich für das Bild, das der Künstler malte. Leise, um ihn nicht zu stören, ging sie zu ihm und betrachtete das entstehende Kunstwerk. Es zeigte eine hockende, dunkle Frau.

Ichbinda verstand das nicht und fragte den Maler: „Warum malst du eine dunkle Frau? Hier, wo um dich herum das helle bunte Leben herrscht?"

Der Künstler blickte überrascht auf. Er hatte die Frage gehört und sah prüfend über den Marktplatz. „Ich male das, was ich sehe", antwortete er. „Eine traurige, schwarze Frau", und zeigte mit dem Pinsel in Richtung des Straßenrands auf der anderen Seite des Marktes.

Dort hockte tatsächlich eine Frau mit dunkelbrauner Hautfarbe und weinte. Doch Ichbinda konnte erkennen, dass die Frau nicht nur traurig, sondern auch verzweifelt war und Angst hatte.

Sie ging hinüber zu ihr, um sie zu trösten. Aber die Frau fürchtete sich vor Ichbinda, weil sie sie nicht kannte und nicht verstand, was sie von ihr wollte. Und so setzte sich Ichbinda, um die Frau nicht zu beängstigen, einfach vor sie hin und tat nichts anderes, als ihr die Hände zu reichen. Auf diese stille Art und Weise brachte sie ihr Mitgefühl zum Ausdruck und bot ihre Hilfe an.

Nach einer Weile hörte die schwarze Frau auf zu weinen und Ichbinda erkundigte sich erneut nach ihrem Schicksal. Schüchtern begann die Frau zu erzählen: „Vor Jahren kamen die weißen Männer in meine Heimat. Sie haben mich mitgenommen und hierher, in ihr Dorf gebracht. Dann haben sie mich getauft, damit ich mit ihnen zusammen leben konnte. Nun wohne ich bei ihnen und arbeite für sie. Ich lerne sehr viel von ihnen, aber ich habe meine Lebensweise mitgebracht und die gefällt einigen Dorfbewohnern nicht." Die Frau wagte es nicht, weiter zu sprechen und schaute Ichbinda unsicher an.

„Und was ist das für eine Lebensweise, die du aus deiner Heimat mitgebracht hast?", fragte Ichbinda interessiert.

Die Frau zögerte, sah auf Ichbindas Trost spendende Hände, nahm sich ein Herz und ergriff sie. „Ich verhülle meinen Körper nicht", bekannte sie flüsternd.

Tatsächlich, Ichbinda fiel erst jetzt auf, dass die Frau unbekleidet war. „Du hast einen schönen Körper", stellte sie ehrlich fest. „Was gefällt den Menschen aus deinem Dorf denn nicht daran, dass du so lebst, wie Gott dich erschaffen hat?"

„Sie mögen mich nicht anschauen. Sie werfen mir vor, dass ich meinen Körper zur Schau stelle und sagen, dass man das nicht tun darf. Und obwohl meine Lebensweise einigen Menschen gefällt, haben die Frauen ihre Ehemänner überzeugt, dass sie etwas unternehmen müssen, damit ich von meinem sündhaften Weg abkomme. Ja, so nennen sie ihn: sündhaft."

Ermutigt durch Ichbindas Anerkennung begann die schwarze Frau sich zu empören und fuhr aufgeregt fort: „Aber weißt du, ich glaube, dass diese Frauen neidisch sind. Denn ich tue etwas, das sie sich nicht trauen, weil es ihnen verboten worden ist."

Plötzlich wurde sie wieder ängstlich. Trotzdem sprach sie weiter. „Die Ehemänner sind zu mir gekommen und haben mir von Einem erzählt, der kommen würde, um mich mit Feuer zu taufen! Sie hätten mich nur mit Wasser getauft, aber wenn ich meinen Körper nicht ganz bedecke, dann kommt Er und tauft mich mit Feuer!" Die Frau begann zu weinen. Sie fürchtete sich sehr vor dem Feuer, weil sie gesehen hatte, was wütende Flammen anrichten können.

Ichbinda versuchte sich die Lage der Frau vorzustellen: „Das bedeutet, wenn du weiterhin zu deiner Lebensweise stehst, dann hast du eine sehr schwere Zeit vor dir, weil dein Weg von Verachtung und Drohungen begleitet sein wird. Aber wenn du dich aus Angst vor der Feuertaufe den Forderungen der Frauen aus dem Dorf unterwirfst, dann musst du deine Eigenart aufgeben. Und das würde dir deine Lebensfreude rauben."

„Ja", stimmte die Frau zu und drückte Ichbindas Hände fester. „Was soll ich nur tun?", fragte sie verzweifelt um Rat.

Während ihres Gesprächs hatte die Dämmerung eingesetzt. Die Händler des Marktes begannen ihre Waren einzupacken und nach Hause zu gehen. Ichbinda kaufte für sich und die Frau etwas zum Abendessen und lud sie ein, gemeinsam einen Platz zum Übernachten zu suchen. In der Nähe fanden sie eine Scheune und richteten sich dort im Stroh ein Lager für die Nacht her.

Während sich Ichbinda abenteuerlustig auf den Weg gemacht und auf ihrer Wanderschaft die schwarze Frau kennengelernt hatte, war der Seemann·in·der·Zeit in bedrückter Stimmung aufgebrochen, weil er sich Sorgen darüber machte, ob er in der Lage war, den Herausforderungen seiner Wanderschaft zu begegnen. Er war betrübt über die Trennung von seiner Freundin. Er wollte Lebenserfahrung sammeln gehen, aber er nahm an, dass es auf dem Weg, der vor ihm lag, Hürden zu überwinden und Versuchungen zu widerstehen galt, die seinen Blick für die Schönheit oder auch für die Gefährlichkeit einer Begegnung trüben konnten.

Der Seemann nahm sich vor, keine unnötigen Risiken einzugehen, sondern wollte versuchen, sich beim Sammeln von Lebenserfahrung von seinen Gefühlen für Ichbinda leiten zu lassen.

Nachdem er viele Stunden gewandert war, schaute er auf von dem Weg unter seinen Füßen und bemerkte, dass die Dämmerung eingesetzt hatte. Einen Augenblick lang hatte er das Gefühl, die Sonne würde vor ihm davon laufen, um ihn in der Dunkelheit allein zurück zu lassen. Jetzt, wo er gerade angefangen hatte, sich auf das neue Abenteuer einzulassen.

Aber die untergehende Sonne kümmerte sich nicht darum, ob auf der Erde ein Mensch war, der meinte, ihr Licht noch länger zu benötigen – sie gehorchte mächtigeren Gesetzen.

Zu beiden Seiten des Weges lagen grüne Wiesen, über die nun zur Abendzeit Nebelschwaden zogen und die vereinzelt stehenden Bäume in ein hellgraues Nichts tauchten. Der Seemann entschied, sein Nachtlager unter dem nächsten Baum aufzuschlagen und verließ den Weg, den er bisher gegangen war.

Plötzlich stieß er mit dem Fuß gegen einen harten Gegenstand. Er bückte sich, um ihn aus der Nähe zu betrachten. Vor ihm auf dem Erdboden lag ein Stück Metall. Er hob es auf und schaute es prüfend an. Der Gegenstand war bearbeitet worden und zwar in einer sorgfältigen und exakten, tadellosen Art und Weise. So etwas brauchte Hingabe und war ein mühseliges Handwerk. Der Seemann konnte das beurteilen. Er schaute auf die Stelle, wo der Metallgegenstand gelegen hatte und entdeckte um sich herum noch weitere. Überall waren Gegenstände verstreut, die hier nicht gewachsen sein konnten. Das alles waren Teile von einer Maschine, einer sehr komplizierten Maschine.

Aus irgendeinem Grund beunruhigte ihn seine Entdeckung, ohne dass er sagen konnte, was ihn daran verunsicherte. Der Seemann wollte dieser Sache auf den Grund gehen, doch er musste sein

Unbehagen mit in den Schlaf nehmen. Es war zu dunkel geworden, um das Rätsel weiter zu erforschen und die untergegangene Sonne zwang ihn zur Einkehr.

Nach einem unruhigen Schlaf erwachte der Seemann im Morgengrauen und stand sogleich auf, um seine Entdeckung im Licht des neuen Tages weiter zu untersuchen. Nach kurzer Zeit war er sich sicher, dass es sich bei den Gegenständen tatsächlich um Teile einer äußerst komplizierten Maschine handelte. Allerdings hatte er keine Ahnung, was für ein phantastischer Automat das sein könnte.

Als die Sonne aufgegangen war, bemerkte er, dass die Gegenstände nicht wahllos auf der Wiese verstreut lagen, sondern in eine bestimmte Richtung zeigten. Neugierig geworden, folgte er dem Weg, den die Maschinenteile ihm wiesen.

Die Fährte führte den Seemann in einen tiefen Wald. Um der Spur folgen zu können, musste er konzentriert durch das Unterholz auf den Erdboden schauen. Und so kam es, dass er nicht sah, was vor ihm war und auf einmal am letzten der verstreuten Maschinenteile angekommen war.

Vor ihm saß auf einem Haufen von Gegenständen aller Art der alte Erfinder der Maschine. Er hatte graue, zerzauste Haare, trug eine Brille mit großen runden Gläsern und tat einfach so, als ob er gar nicht da war.

Die unerwartete Begegnung versetzte dem Seemann einen kleinen Schrecken. Als er sich davon erholt hatte, begrüßte er den Erfinder und machte ihn freundlich darauf aufmerksam, dass er alle diese Teile verloren hätte.

Der alte Mann zeigte jedoch nicht die geringste Reaktion: mit unbewegter, finsterer Miene schaute er hoch in den Himmel, starrte Löcher in die Luft und schwieg.

„Geht es dir nicht gut?", fragte der Seemann voller Anteilnahme. Wieder erhielt er keine Antwort. Vielleicht war der Erfinder verzweifelt, weil er nicht wusste, wie er es schaffen sollte, die vielen verlorenen Teile seiner Maschine einzusammeln und wieder zusammenzubauen, dachte der Seemann und stellte eine neue Frage: „Kann ich dir irgendwie helfen?"

Doch auch dieses Mal bekam er keine Antwort. Nun fühlte sich der Seemann·in·der·Zeit verunsichert und überlegte, ob er etwas falsch gemacht hatte.

Doch da regte sich der Erfinder plötzlich und zumindest sein Mund erwachte zum Leben: „Mir kann man nicht helfen!", antwortete er voller Selbstmitleid.

Der Seemann stutzte: „Hat es denn schon jemand versucht?"

Der Erfinder hörte auf vor sich hin zu starren, senkte seinen Kopf und schaute den Seemann kurz an. „Nein", sagte er kopfschüttelnd.

„Magst du es mich versuchen lassen?"

„Du kannst es nicht."

„Wenn du es nicht willst, dann natürlich nicht!", erwiderte der Seemann fast schon ärgerlich. Der Erfinder wurde wieder stumm. Da dachte sich der

Seemann: „Ich war zu ungeduldig und zu eingebildet. Ich erwarte, dass er sich von mir helfen lässt und habe dabei vorausgesetzt, dass ich es auch kann."

Er überlegte, ob er weggehen und den alten Mann wieder allein lassen sollte. Aber dann fiel ihm ein, dass er unterwegs war, um Lebenserfahrung zu sammeln, und dass er das nicht tun konnte, wenn er vor einer Begegnung davonlief. Außerdem interessierte ihn doch sehr, was für eine Maschine der Erfinder hatte bauen wollen und so fragte er ihn: „Was hast du da Tolles erfunden?", und zeigte auf die Maschinenteile, auf denen der Mann hockte.

Noch einmal erwachte dieser aus seiner eigensinnigen Verschlossenheit und betrachtete die Überreste seines Werkes. Dann wendete er sich dem Seemann zu und erklärte wehmütig: „Nichts. Das Projekt ist fehlgeschlagen."

„Was ist denn passiert?", fragte der Seemann interessiert. Da raffte sich der Erfinder endlich auf und begann zu erzählen.

„Ich hatte einen Traum. Einen Traum von Kreaturen, die edler sind als die auf Erden wandelnden Menschen." Seine Erinnerung wurde lebendig und traurig fuhr er fort: „Ich bin nicht ernst genommen und beleidigt worden. Die Leute haben meine Würde verletzt. Ich war es leid, ihre Unzuverlässigkeit, ihre Falschheit und ihre Gehässigkeit ertragen zu müssen! Die Schwächen der Menschen enttäuschten mich zutiefst; ihre mangelnde Fähigkeit, sich auf die wirklich menschlichen Qualitäten zu besinnen; ihr

Unwille, ihre guten Eigenschaften zu vervollkomm-
nen und ihre phantastischen Möglichkeiten zu nutzen. Es war mir zuwider, wenn ich mit ansehen
musste, wie sie sich besinnungslos und ohne Rück-
sicht fallenließen in ein niederes Treiben, wie man es
in seiner Gemeinheit nicht einmal bei den Tieren
findet. Und so beschloss ich, Maschinenmenschen zu
bauen, die es würdig sein sollten, Menschen genannt
zu werden. Sie sollten stärker, mutiger und schöner
sein als wir; in ihrem Wesen frei, edel und gut."

Der Erfinder schaute auf den Boden zu den Füßen des Seemanns und seine Stimme klang verzagt:
„Die Bruchstücke, die dich hierher geführt haben,
waren ihre Körper. Bis dahin erreichte ich, was ich
mir erträumt hatte: ich schuf Hüllen – schöne, wi-
derstandsfähige Hüllen. Aber, als ich daran gehen
wollte, ihnen eine Seele zu geben, wurde mir plötzlich bewusst, dass ich selbst ja nur ein Mensch bin.
Und dass ich selbst es wäre, der ihnen ein Verhalten,
Fähigkeiten und Gefühle, eben ihr Inneres, gibt.
Also verzweifelte ich und gab auf!"

„Warum?", wollte der Seemann wissen. „Was ist
so schlimm daran, dass du es bist, der den Hüllen
der Maschinenmenschen eine Seele geschenkt hätte?
Der liebe Gott hat uns doch auch nach seinem Ant-
litz erschaffen!"

„Ja, kannst du das denn nicht erkennen?", rief
der Erfinder erregt. „Ich gehöre zu diesen Menschen,
die ich verachte! Ich bin doch einer von ihnen. So wie
sie habe ich aufgrund meiner Erfahrungen und Bedürfnisse eine Lebensweise entwickelt, die dafür

sorgt, dass ich so zufrieden wie möglich meinen Weg gehen kann. Aber ich kann nur die Wege gehen, die ich sehe. Und was ich sehe, hängt wiederum von dem Weg ab, den ich gegangen bin. Das Glück, das ich finde, ist bestimmt durch meine Wünsche. Und meine Wünsche sind bestimmt durch das, was ich gesehen habe, von all dem, was es überhaupt zu sehen gibt. Was ich möchte, ist das, was ich noch nicht habe und meine zu brauchen. Und was ich brauche, ist abhängig von dem, was ich erlebt habe. Aber, was ich erlebe, hängt wiederum ab von den Wegen, die ich gehe. Verstehst du?"

„Ich glaube, ja.", antwortete der Seemann zögernd, aber beeindruckt.

„Meine Sehnsucht nach besseren Menschen ist eine Folge von dem, was mir widerfahren ist", fuhr der Erfinder fort. „Und was ich tat, war meine Reaktion darauf. Jedoch die Antworten, die ich gefunden habe, beruhen auf meinen Fragen und die sind nur ein winziger Teil von all den Rätseln, die die Menschen beschäftigen. So geschieht alles, was ich tue, wünsche und suche ja nur aus meinem Blickwinkel!"

Der Erfinder schwieg einen Moment und sagte dann traurig: „Logischerweise folgt daraus der Schluss, dass ich nicht frei bin." Er schaute den Seemann fragend an, weil er wissen wollte, ob der ihm folgen konnte.

Dieser hatte den Worten des Erfinders fasziniert zugehört und nickte bestätigend mit dem Kopf. Und so sprach er weiter.

„Wie soll ich also, wenn ich doch selber nicht frei

bin, meinen Maschinenmenschen ein freies Wesen, die Möglichkeit zur Entscheidung für den besten Weg und die Fähigkeit geben, verständnisvoller und gütiger zu handeln, als die wahren Menschen selbst? Ich kann keine Seele erschaffen, die fähiger ist, als meine eigene! Da ich ihnen nur ein Abbild meines Wesens geben könnte, würden sie nur wiederholen, was ich tat oder tun würde. Sie wären keine besseren Menschen, weil ich, ihr Schöpfer, nur ein Mensch bin!"

Niedergeschlagen senkte der Erfinder seinen Kopf und blickte auf den Haufen von Maschinenteilen, auf dem er saß. Er hatte seine Rede beendet.

Der Seemann ließ dessen Worte noch einmal auf sich wirken und fragte dann: „Und was wirst du jetzt tun?"

„Ich?", sagte der Erfinder zu sich selbst. „Ich bleibe hier sitzen. Hier im Wald brauche ich die Dummheit der Menschen nicht zu ertragen." Doch ein wenig Interesse war in ihm erwacht und so wollte er vom Seemann wissen: „Und du? Was wirst du jetzt tun?"

Die Sonne stand schon am Himmel, als Ichbinda in der Scheune erwachte, in der sie und die Frau mit der schönen dunkelbraunen Hautfarbe Zuflucht gefunden hatten. Sie erhob sich, blickte auf die noch schlafende Weggefährtin neben ihr und wurde gewahr, dass sie das gestrige Gespräch mit in ihren Traum genommen hatte.

Die Frage der schwarzen Frau, ob sie zu ihrer Lebensweise, unverhüllt umherzulaufen, stehen und dafür die Feuertaufe angstvoll in Kauf nehmen sollte oder ob sie diesen Teil ihrer Eigenart aufgeben musste, um unbehelligt weiterleben zu können, hatte Ichbinda dazu gebracht, ihren eigenen Werdegang zu betrachten. Sich zu fragen, was sie selbst eigentlich von solch einer unbefangenen Lebensweise hielt.

Unvermittelt dachte sie an ihren Gefährten, den Seemann·in·der·Zeit und das erste Mal fiel ihr auf, dass sie zwar seine Freundin, aber nicht seine Frau war. Warum war das so? War es gut, wie es war – für sie? Es war richtig, sich in dieser Art und Weise zu verhalten. Doch gab es da nicht eine Besonderheit in ihrem Wesen, der sie bisher keinen Ausdruck verliehen hatte? Schreckte sie – genau wie die anderen weißen Frauen aus dem Dorf der schwarzen Frau – davor zurück, sich freizumachen von den überlieferten Regeln? Und verzichtete sie nicht vielleicht dadurch auf etwas Wesentliches: nämlich auf ein wundervolles Geschenk des Lebens, auf von Liebe erfüllte Erfahrungen? Auf etwas, nach dem sie und der Seemann suchten. Etwas, das es auf ihrer Insel geben sollte?

Ichbinda entdeckte den Wunsch, auch diese Seite des Lebens kennenzulernen; entdeckte in sich die Sehnsucht des Lebens nach sich selbst. Ein zärtliches Gefühl war in ihr erwacht und sie freute sich mehr als jemals zuvor auf das Wiedersehen mit dem Seemann·in·der·Zeit. Sie spürte, dass sie die richtigen Worte finden würde, um ihrem Mann zu sagen, wie sich ihre Liebe für ihn verändert hatte.

Da erhob sich auch die Frau von ihrem Nachtlager und blickte Ichbinda erwartungsvoll an. Sie hoffte nach wie vor auf eine hilfreiche Antwort.

„Ich glaube nicht, dass ich dir einen Rat geben kann.", sagte Ichbinda ehrlich zu ihr. „Aber ich kann dir nun sagen, was ich tun würde."

Ihre Weggefährtin war dankbar für den Beistand eines wohlgesonnenen Menschen und obwohl sie sich auf eine Art auch vor dem fürchtete, was Ichbinda ihr sagen würde, wollte die Frau doch wissen, wie diese an ihrer Stelle handeln würde.

„Steh zu deiner Lebensweise!", sagte Ichbinda entschlossen. „Das Leben nach der eigenen Weise bedeutet eben, sich ständig auf die Gefahr einlassen zu müssen, von anderen Menschen abgelehnt und bedroht zu werden. Aber dafür erlebst du etwas, das die Leute nicht erfahren können, die deine Haltung verteufeln. Und wenn du diesen Teil von dir nicht aufgibst und sicherer geworden bist, dass das, was du tust, gut für dich ist, vielleicht kommt dann irgendwann eine Zeit, in der du die Angst vor dem Feuer verlierst. Und beginnen kannst, gemeinsam mit den wenigen Menschen aus deinem Dorf, die dich mögen, ein unbefangenes, erfülltes Leben zu führen."

Die beiden Frauen saßen noch eine Weile beisammen. Die Frau mit der schönen dunkelbraunen Hautfarbe hatte wieder Hoffnung geschöpft und bedankte sich für die ehrliche Anteilnahme und ermutigende Unterstützung. Ichbinda entgegnete, dass diese Begegnung auch ihr weitergeholfen hatte, dankte ihrerseits der Weggefährtin dafür und wünschte dieser zum Abschied viel Glück und Kraft für den eigenen Weg.

Ichbinda ging zurück zum Markt, um sich mit Proviant für ihre Wanderschaft zu versorgen. Sie entdeckte den Maler, der sein Bild inzwischen vollendet hatte, ging zu ihm und betrachtete dessen Werk noch einmal. „Du solltest die schwarze Frau in leuchtenden bunten Farben malen, weil es das ist, was zu sehen war!", sagte sie herausfordernd und machte sich auf den Weg.

Der Seemann·in·der·Zeit hatte die Frage des Erfinders danach, was er nun tun würde, gehört und dachte über die Antwort nach. Das Schicksal dieses Mannes und seine Worte beschäftigten ihn. Er begann sich zu fragen, wie es um seine Wünsche und Hoffnungen stand. Und die Art und Weise, wie er seine Erfahrungen nutzte, um seine Bedürfnisse zu befriedigen.

Er dachte daran, dass er dabei war, Lebenserfahrung zu sammeln für die Insel, die Ichbinda und er finden wollten. Und mit einem Mal fiel ihm auf, dass er eigentlich immer nur fortging: aus seiner Heimat, von der Insel des Vertrauens, aus dem Reich des Königs der Maschinen und schließlich von der Insel der Einfachen Wahrheit. Woran lag es, dass er nirgendwo ankam und dauerhaft bleiben konnte? Was machte er falsch? Musste das so sein, wie es war? Oder sollte und konnte er etwas verändern? Wenn auch er immer nur die Wege ging, die ihm bekannt vorkamen und sein größter Wunsch – endlich auf einer eigenen Insel anzukommen – sich bisher nicht erfüllt hatte, dann lag es doch wohl an ihm selbst. Daran, dass er bis jetzt meinte, voranzukommen, sich aber eigentlich immer nur im Kreis bewegt hatte.

Ein eigenes Zuhause aufzubauen, könnte das vielleicht ändern – ihm das Gefühl vermitteln, angekommen zu sein. Der Seemann dachte an seine Freundin und auf einmal spürte er, dass Zuhause überall dort war, wo Ichbinda ist!

Da beantwortete der Seemann die Frage des Erfinders: „Ich gehe hinaus aus diesem Wald und werde mich mit den Menschen über die Wege unterhalten, die sie entdeckt haben, damit ich nicht gezwungen bin, nur die zu gehen, die mir bekannt vorkommen. Wenn du die Kraft, die du in den Bau der Maschinenwesen gesteckt hast, nutzen könntest, um diesen Ort zu verlassen, würdest du vielleicht die Freiheit finden, die du suchst. Die den Menschen würdigen Fähigkeiten, von denen du gesprochen hast, kannst du nicht nur deinen Geschöpfen geben. Geduld, Barmherzigkeit und Vergebung kannst du doch auch selbst erlangen."

Der Seemann war bereit zum Aufbruch. Als er sah, dass der Erfinder sitzenblieb und wieder Löcher in die Luft starrte, fragte er sich, ob der ihm überhaupt zugehört hatte. Aber es war nicht an ihm, mehr darüber zu wissen, was für den Erfinder gut war, als dieser selbst. Er vermisste Ichbinda und sehnte sich danach, wieder mit ihr zusammen zu sein. Ohne länger zu zögern, machte er sich auf zur Küste, um an dem Boot, das sie dort zurückgelassen hatten, auf seine Freundin zu warten.

Es war Nacht geworden über der Küste der Erfahrungen, aber dunkel war es nicht. Hell leuchtend hatte der Vollmond seinen Platz am Sternenhimmel erklommen. Zwei Menschen liefen aufeinander zu und umarmten sich glücklich. Einen Moment lang stand die Zeit still und danach begleitete sie ein Menschenpaar, das sich verändert hatte.

„Was hast du für unser Zuhause mitgebracht?", fragte der Seemann·in·der·Zeit seine Gefährtin neugierig.

Ichbinda lächelte ein wenig verlegen und doch gleichzeitig auch ein bisschen stolz und erzählte: „Das Bemühen, sich selbst Fragen zu stellen, darüber, wie es ist und wie es sein könnte. Und eine Einsicht. Darin, dass ich eine hingebungsvolle Seite besitze, deren zärtliche Rufe ich überhört habe. Und, dass ich deine Frau werden möchte." Sie hielt inne. „Und was hast du mitgebracht, Seemann?"

Ihr Mann lächelte über das, was er zu sagen hatte und antwortete: „Das Bemühen, sich selbst Fragen zu stellen, darüber, was ist und was sein sollte und ebenfalls eine Einsicht. Darin, dass ich meine Bedürfnisse nicht wachsam und mutig genug beachtet habe und deswegen wie ein Esel mit Scheuklappen durch die Zeit gegangen bin. Ich bin nur Wegen gefolgt, die mir vertraut erschienen, weil die anderen Pfade, die das Leben ebenfalls bereithielt, mich bange machten und ich sie nicht sehen konnte."

„Ja, wir beide haben auf unserer Wanderschaft neues Land betreten. Land, auf dem wir ein Zuhause erbauen können", sagte Ichbinda erleichtert und ergriff die Hand ihres Mannes.

Da rief der Seemann freudestrahlend: „Das ist der Name! Der Name für unsere eigene Insel der Einfachen Wahrheit: Neuland."

Ichbinda lachte glücklich. „Weißt du, Seemann, auf meiner Wanderung habe ich herausgefunden, dass ich dich brauche. *Ich brauche dich, weil ich dich liebe.*"

Da wurde der Seemann·in·der·Zeit nachdenklich. Er fühlte, dass er sein Ziel endlich erreicht hatte und in seinem eigenen Zuhause angekommen war. Und er erkannte, dass er dieselben Worte in seinem Herzen trug, wie seine Frau – jedoch auch, dass ihnen eine ganz andere Bedeutung innewohnte.

Sanft sagte er zu Ichbinda: „Und ich habe herausgefunden, dass ich dich liebe. *Ich liebe dich, weil ich dich brauche.*"